ダッシュエックス文庫

すまん、資金ブーストより
チートなスキル持ってる奴おる?4

えきさいたー

CONTENTS

目次

Episode.1

俺、熱狂する

次の行き先を告げた時のヒメリの表情を、今でも忘れられない。

「ここから北東に進むとフォルホンという町がありますが……正直に申しますと、シュウトさんにお教えするのは気がすすまないというのが本音です」

この台詞《せりふ》からも察せられるとおり、極めて微妙だった。

具体的に言うと、なんか俺の器量を疑ってるような感じだった。

うるせえよと。

しかしまあ、いざこうしてその土地に着いてみると、なぜヒメリが新たなる目的地の詳しい説明を渋ったのかも分かる。

そこは確かに、俺を夢中にさせるには十分だった。


コトの発端《ほったん》はリステリアを出た後。

ダナという小さな、それこそ大きな都市と都市とを繋《つな》ぐ中継地点のような宿場町に到着し数日間の滞在を決めた時のこと。

「ううん、これは……さすがにちょぃとばかし買いすぎたか」

どうしたものかと顎《あご》をかく俺が見つめる先にあるのは、旅を開始して以来運搬《うんぱん》の手間を任《まか》せ続けている荷車の、そのパンパンに詰まった荷台である。

「ふむ、どうしたものですかにゃあ」

その隣でナツメが俺とまったく同じポーズで思案するそぶりを見せていた。

思い返してみればこれまでの旅路《たびじ》で買いこんだ品々が全部この荷台に預けられているわけで、頻繁《ひんぱん》に買い揃《そろ》えている装備品はもちろんのこと、探索《たんさく》に必須《ひっす》の道具だったり、売れ残りの素材だったり、田舎町アセルの豊かな土壌で育《はぐく》まれたブドウを用いたワインだったり、鉱山街で働く男連中に評判の地酒だったり、調子に乗って買い集めたリステリア名物のウィスキーの樽《たる》だったり、あとウォッカだったり、ジンだったり……なんというか後半は完全にアルコールの類《たぐい》ばかりで火種を投げ入れた瞬間に立派な火災現場ができあがりそうな感じなのだが、ともあれ完全に重量オーバー状態なのだ。

で。

なぜ今になって全員で宿の敷地内に停めた荷車を囲んで改めてそんな話題に及んでいるのかというと、実際にこの荷車を牽引《けんいん》するホクトが道中かなりきつそうにしていたことが気にかかっていたからに他ならない。

俺が肌身離さずつけている筋力増強効果のあるチョーカーを貸してみたり、ミミが献身《けんしん》的に後ろから押してみたりもしてみたが、それでもなお、といったところである。

いやお前も手伝えよ、というのは至極《しごく》正しい意見なのだけど、チョーカーを奪い去られた俺は出涸《でが》らしみたいなものなので見逃していただきたい。

「まだまだ問題ないであります。平穏無事に運び遂《と》げてみせましょう！」

というのが本人の弁ではあるものの、そもそもホクトは戦闘もこなせるようになったんだからそこまで一人の負担を重くするのも忍びない。

大体このまま旅を続けていくなら、いつかは必ずパンクするのは考えるまでもない。

まあ要するに俺の見通しがぬるかったってだけの話だ。

さておき、問題解決のための手段はふたつ。

荷車を増やすか、でかくするか。

どっちにしてもホクト一人では無理なのは間違いない。となると。

「増やすか、人員」

幸い、といっていいのかどうかは俺がこの世界に降り立つことになった成り行きを考えると複雑なところだが、予算ならふんだんにある。

といっても。

「でもこの辺じゃ雇えねぇんだよなぁ……」

大金が動く場である奴隷市場は栄えた土地にしかなく、そして都合の悪いことに、ここからしばらくは田舎道が続くとこの町のギルドマスターから聞かされている。

この辺りで力を借りるとしたら、それこそ獣人ではなく――。

「馬や牛を手に入れるしかないでしょうか」

俺の頭に浮かんでいたことを、先にミミが言葉に出した。

「まあそれしかないだろうな。馬、牛……あとロバとかか」

「ロバのほうが粗食には耐えられるそうですが、気性《きしょう》が荒いとも聞きます。もしかしたら多少の手間がかかっても馬のほうがいいかもしれませんね」

「馬……馬か……」

腕を組む俺。

旅に出るに当たって荷車を買う際に、業者のおっさんに「素人《しろうと》が飼うのは困難」と口酸っぱく教えられた馬を飼えるのか？　この俺が。

無理だろ。

……と、答えの分かりきったアホみたいな自問自答をしているところに。

「あれ、まだ荷降ろしをしていなかったんですか？」

やたらと澄んだ声がかかった。

「手間なのは分かりますが放置はよくありません。ここは比較的治安がいいとはいえ、夜間に盗まれないという保証はどこにもありませんよ」

無駄にいい姿勢で風を切って歩き、つややかな黄金色の髪がなびいているのを見ただけで、声の主《ぬし》がヒメリであることはすぐに分かった。

冒険者ギルドで仕事だけ受注して一旦《いったん》引き返してきたらしい。

「相変わらず助言なのか嫌味なのか分かりづれぇな、お前」

「失礼ですね。私は常にシュウトさんのためにと思って忠告してあげているのですが」

と、例によって人差し指を立てながら口にした台詞の中身だけ聞くと、なんだ、甲斐甲斐《かいがい》しい部分もあるじゃないかと思わされるのだが、「なにせシュウトさんの旅が破綻《はたん》した瞬間に私の道も頓挫《とんざ》してしまうのですから」と余計な一言がついてくるのが、こいつのかわいげのないところである。

「そんなことよりです。どうしてこんなところで皆さんで油を売っておられるのですか?」

「いや、それなんだけどさ」

会話の内容を伝える。

「ふむ、過積載《かせきさい》の恐れですか。確かにホクトさんの負担を考えると解消しないままにはしておけませんね」

「そうなんだよ。それで馬を飼うかどうかで悩んでたってわけ」

「馬、ですか?　……口にするのは大変恐縮なのですが、気分屋のシュウトさんに飼育できるとは到底思えませんけど」

「うるせぇ、んなこと自分でも分かってるっての!　だから悩んでたんだろうがよ」

思いっきり図星を指された俺がそう正直に言うと、ヒメリはなぜか知らないが少しだけうつむいて、考えこむ仕草を見せた。

なにやら、アイディアでもありそうに。

「ですがまあ、馬ということなら……いえ正確には馬ではないのでしょうが……シュウトさんでも飼えなくはない品種の存在は耳にしたことがあります」

「は？　なんだそれ」

「立ち寄る意味もさほどありませんし、通り過ぎようかとも思ったのですが……」

ヒメリは謎にもったいぶってから。

「先ほど『常にシュウトさんのために』と見栄《みえ》を切ったからには、有益な情報として伝えておかなければなりませんね」

そして、冒頭に繋がるわけだ。


予定通り数日間足を休めてからダナを出て、北東に向かって進路を取ると、次第に吹く風が心地よい涼気を帯び始めていった。

見えてくる景色は一面に広がった天然の芝生に、風で揺れ動く木々、地平線を遮《さえぎ》るように隆《りゅう》起《き》した野山と、まさに誰もが心に描くような自然の原風景といった趣《おもむき》がある。

そのすべてが鮮やかな緑の色を帯びていて、擦《す》れた心の持ち主である俺でさえも安らぎを覚えるほどだ。

しかし同時に不安にもなってくる。

ヒメリはフォルホンを「かなり大きな町」とごくごく簡潔に説明しただけで、具体的なことはなにも分かっていない。こんな田舎真っ只中《まただなか》の街道を歩いていて本当にそんな話どおりのでかい町に辿《たど》り着けるんだろうか。

あと、もう一個。

「シュウト様、お加減いかがですか？」

「お、おう……まだなんとか大丈夫」

俺は気遣《きづか》ってくるミミに、力の抜けた返事だけをした。

チョーカーだけでなく、疲労回復作用のある『治癒《ちゆ》のアレキサンドライト』も荷車を引くホクトに渡してあるので、とにかくまあしんどい。しんどすぎると言ってもいい。久しぶりに素《す》の状態で長距離を歩いたがこれほどまでに疲れるとは。

ただそんな俺よりも、ホクトのほうが遥《はる》かに苦しいだろう。

涼しい風が吹いているのに額《ひたい》と首筋に汗を浮かべており、見るからにきつそうだ。

蒸留酒《じょうりゅうしゅ》は希少で交易品にもなるらしいから、フォルホンでの顚末《てんまつ》次第では泣く泣く売りさばくことも考えなくちゃならないな。

でもこいつのことだから「自分の不備で主殿《あるじどの》の嗜好品《しこうひん》を売り払わせるだなんて、一生の恥！」とか言って断固として反対してきそうではある。

流れる汗にも構わず黙々と荷車を引っ張り続けるホクトの、それでも精悍《せいかん》さを微塵《みじん》も欠いてない横顔を眺めながら、そんなことを考えていた。

「……で、あとどのくらい歩けばいいんだ？　まさか今晩も検問所付近でキャンプとか言わないよな。もう既《すで》に二回も野営してるんだぜ」

俺は地図を片手に併走《へいそう》……というか併歩するヒメリに愚痴《ぐち》っぽく語りかける。

「まだ全然日は高いじゃないですか。今日到着する見込みは変わらないんですから、そう焦《あせ》らなくても大丈夫でしょう」

「いや一応、目安としてだな」

「私の計算では、時間と距離を考えるとそろそろのはずなのですが……」

「お前の計算じゃあなぁ」

「では今後の旅程はシュウトさんの計算にお任せしてよろしいでしょうか」

「すまん、今の発言はなしで」

最速で前言撤回《てっかい》した俺の耳に。

「ご主人様、ご主人様、あれ、見えてきましたにゃ！　大きな建物！」

不意に吉報が届く。

聞きなれたふにゃふにゃした声で。

「きっとあそこですにゃ！　ようやく一息つけますにゃ〜」

やはり今回も第一発見者は目のいいナツメだった。まだ俺の目にはその建物とやらがはっきり視認できていないのだが、ナツメの安心しきった表情と緊張感を失ってくったり垂れた耳を見る限り、それが気を紛《まぎ》らわせるための嘘ではないのは明らかだった。

結論から言うと、ナツメが目にした建造物は氷山の一角に過ぎなかった。

到着してすぐの区域にあった宿に荷物を預け、しばらく休憩した後、町中を軽く散策するだけでこの町の特色は判明した。

どこに行っても、どこを見渡しても、土と芝に覆《おお》われている。

フォルホンという町の実態――それは、田舎ならではの開けた土地を限りなく有効活用し、数多くの牧場と農場、及びそこからの生産物を加工する施設群を内包した、とんでもなく広大な敷地面積を誇る集合型の農業都市だったのだ。

ナツメが見つけたのも、牧舎《ぼくしゃ》のひとつだったというわけだ。

ううむ、凄《すご》いことは凄いし、「かなり大きな町」というのも間違っちゃいないが……。

なんだろう、テンションが上がる感じではない。

「特に畜産で有名な町、とはうかがっていましたけど……それにしてもここまで規模が大きいとは」

頭でっかちに過ぎなかったヒメリも実際に町の様子を目にして驚嘆《きょうたん》している。

とにもかくにもでかすぎる。周囲の自然に満ちた風景もあいまって、どこからどこまでが町に含まれるのか極めて曖昧《あいまい》じゃないか。

「でもよー、ヒメリ」

俺はここで、ふとした、というか当然の疑問をぶつけることにした。

「確かにいい馬はいそうな雰囲気はプンプンするけど、別にわざわざこんな本格的な場所じゃなくても……」

「シュウトさん、それは違います。再三申し上げますが馬を長旅に合わせて運用するのは一朝《いっちょう》一夕《いっせき》では不可能です」

それはなにも俺に限った話ではない、と微妙なフォローを入れて続けるヒメリ。

「ですから馬の購入は現時点では控えたほうがいいでしょう。そこで、です。シュウトさんの経済力なら、もしかしたら、と思って提案させていただきますが」

こほんと咳払《せきばら》いしてから。

「……『イッカク』という生物の名前くらいはご存知でしょうか？」

「なにそれ」

知ったかぶる意味もないので素直にそう答えると、ヒメリは「やれやれ」といった感じで両手を広げるポーズをとった。

「イッカクの名前も聞いたことがないのによく今日まで生きてこられましたね。本当に私と同じフィーの町で育ったんですか？」

「知らないもんは知らないんだからしょうがないだろ。それに俺は育ったっていうか、生まれ落ちたっていうか」

弁解はしてみたが、出自に関しては適当に伏せておく。

そもそも俺はその『イッカク』とやらどころか、この世界について知ってることのほうが少ないんだから、馬鹿にされても困る。俺の目の前でうっすらと優越感を覚えてる気配のあるこの女剣士様だって、俺のいた世界でラーメン屋に連れていかれて食券を買ってから注文するまでの一部始終を衆目《しゅうもく》に晒《さら》されたら困るだろう。それと同じだ。いや違うかもしれないが。

「まあいい。よく分からねぇけど、要はそのイッカクとかいうやつがこの町で育生されてるってことだろ？　それを手に入れろってか」

なんとなくだが、話の内容的に馬の上位互換みたいなものを想像する。

……。

どんな生き物だよ。

「だけど、どこに行けば出会えるんだ、そいつ。手当たり次第に牧場回ってりゃそのうち見つかるか？」

「詳しいことは町の方々にうかがってください。私は私で別の用事がありますので、これで一旦解散といたしましょう。それでは」

そう言い残してすたすたと歩き去っていったのだが、その向かう方角がどこぞの飲食店であろうことは疑いようがない。かなりの早足だったし。

「……しゃーねぇ、地道に探ってみるか」

俺はミミとホクト、それから興味深そうにあちこち歩き回っていたナツメに声をかけて、未知の生命体の情報を追うことにした。


歩き回ること数十分。

通行人に質問してすぐに判明した事実だが、驚くことに、この町には冒険者ギルドが存在していない。

つまり付近に魔物が出没しないということなんだろうけども、その割には宿も多いし、建物の様式を見た限りでは、相当儲《もう》かってないとおかしい。

不思議な話である。俺の経験からいうと、繁盛《はんじょう》している町というのは冒険者の数に比例していたはずなのだが。

というのも冒険者連中ってのは（俺もそうだが）一番往来《おうらい》の多い訪問者なので、こいつらがどれだけ滞在してくれるかで町の栄え具合も変わってくる。希少な宝石が採《と》れる鉱山に囲まれたジェムナしかり、地下に迷宮を持つリステリアしかり。

とりあえず、ヒメリがどうしてこの町をスルーしようかと思っていたかは分かった。

「名声を高めようのない町なんて、そりゃあいつは来たがらないわな」

もっとも、魔物から食い扶持《ぶち》を得てる俺にとっても無視できる問題ではない。

長居はやめておきたいところ。

で、だ。

今俺たちが目指している先、それは——。

「おっ、あれか」

町の中心に近づくにつれて、徐々に見えてきたドーム状の巨大な建造物。

漆喰《しっくい》で塗り固められた外壁に覆《おお》われていて中がどうなっているか謎めいているが、ひとまずここが、目標としていた場所だ。

ここに至るまでの経緯《いきさつ》は、ぶっちゃけ語るほどのことでもない。

というのもヒメリの言っていたイッカクについて通行人に聞くと、よっぽど有名なのか、町中央部のこの施設に行けと割と簡単に教わることができたからだ。

ついでにどんな動物なのかも尋《たず》ねてはみたのだが、実物を目にしたほうが早いと諭《さと》されたので、この期《ご》に及んでも未《いま》だにイッカクそのものの情報はゼロである。

だがここが何を行うために設けられた場所なのかは、過不足なく教えられている。

だから俺は恐れることなく進み。

威風堂々《いふうどうどう》と入り口の門をくぐり。

入場してすぐの受付窓口の前で立ち止まり。

そしてチャリチャリと小銭を取り出した。

「いらっしゃいませ。チケットの購入をご希望でしょうか」

俺にはにこやかな受付嬢のマニュアル丸出しな台詞と笑顔が、なんだかひどく懐《なつ》かしいものに思えた。

「現在三番のレースが出走直前を迎えております。チケットの購入は四番以降のレースになりますが、よろしいでしょうか？」

「ええと、じゃあ、四番のレースで。単勝七枠に一〇〇G」

受付のテーブルに銀貨を一枚置きながら告げた……のだが。

「連勝単式のチケットはいかがなさいますか？」

「そんなのまであるのか……んー、じゃあ七枠二枠と七枠五枠に五〇Gずつ」

俺は追加で銀貨を一枚積む。

「かしこまりました。発券いたしますので少々お待ちください」

受付嬢が手際《てぎわ》よく紙片と台帳に記入を始めたところで、俺はふうとひとつ息を吐いた。

さて。

マークシートではなく口頭での注文だったので微妙に勝手は違ったが、先ほどのやりとりからも察せられるとおり、ここは端的に言ってしまうと――レース場である。

情報を総合すると、イッカクのレース場なのである。

配当金つきの。

なんじゃそりゃ、と思われるかもしれないが、俺自身も町の住民から自慢げに聞かされた時はマジかよと耳を疑った。

しかしながら現実にこうして本格的に事業が展開され、そしてそれが娯楽として定着しているというのがこの町の文化なのだから、俺がどうこう口を挟めるものではないし、どちらかというとむしろ「よくぞ作ってくれた」と称賛《しょうさん》を贈りたくすらある。なので、俺は素直に受け入れた。ガッツポーズと共に。

つまるところ俺は、この世界に来て初めての娯楽らしい娯楽の存在に、歓喜しているということだ。

しかも用意されていたのはギャンブル。極上じゃないかよ。

そんなこんなで馬券、というかイッカク券の発行が終わったらしく、俺はそれを手にしてレースが行われる舞台へと向かう。

脚質《きゃくしつ》どころかどの馬……じゃなくてどのイッカクが強いかも、ましてや騎手の技量も分からないので、買い方は適当も適当。入場券代わりってところか。

それにしてもイッカクが馬の上位互換という憶測《おくそく》は、この感じだと当たらずとも遠からずなのではなかろうか。騎手を乗せてレースを行うくらいなのだから馬との共通点は多いだろうし、少なくとも四足歩行というところからは逸脱《いつだつ》していない、はず。

さておき、レーストラックへと続く通路を通っていると、大した金額も賭けてないし勝敗自体どうでもいいはずなのに妙に緊張してくる。

これが習性ってやつなのだろうか……。

こういったちゃんとした娯楽施設を訪れたのは初めてなのでホクトもどことなくそわそわしていたし、逆にナツメの瞳は好奇に満ちていた。ミミはといえば受付でもらった出走表に興味深そうに視線を落としている。

「個々の体重まで記載されていますけど、重要なことなのでしょうか？　とてもとても不思議な表ですね」

「それがめちゃくちゃ重要なんだよ。話せば長くなるけどだな……」

俺が奇跡的にミミに知識を披露《ひろう》できそうな機会が訪れたが、まばゆいばかりの太陽の光がそれを遮《さえぎ》り、通路を抜けて屋外へと出たことを知らせてきた。

ちょうど、出走ゲートに張られたロープが勢いよく真上に跳ね上がり、一斉にスタートが切られる場面だった。

櫓《やぐら》の上に設置された座席まで含めて、客入りは上々。

俺はレーストラックとフェンスだけで区切られた立ち見席で観戦することにする。

……することにする、なんて冷静ぶってはいるが、内心は興奮を抑えきれていない。

怒濤《どとう》のように鳴り響く蹄《ひづめ》の音に包まれながら、俺は目の前に広がるド迫力の光景に鳥肌が立っていた。

うお、ダートのコースだ。左回りか。傾斜が全然ないからコーナーきつそうだな……という細かい部分も気にはなりはしたが。

俺がなによりも目を奪われたのは今まさに走っている馬だ。

いや馬じゃない。馬に似てるだけで正確にはイッカクなんだけども。

しかし優駿《ゆうしゅん》であることは間違いがなかった。

美しい毛並み、しなやかな筋肉、飛翔するかのような走りっぷり。それらはすべて上質のサラブレッドを彷彿《ほうふつ》とさせたが、ひとつだけ目に見えて大きな違いがあった。

額のところに、一本にょきっとツノが生えている。

「……いや、これって」

いわゆるユニコーンってやつでは？

どいつもこいつも白を基調にした幻想的な毛色だし、なんだこのカッコイイ生き物は。

感動すら覚えるな。

「うおおおお！　初めて見ましたにゃ！　すっごく速くてパワフルですにゃ！」

真っ先に最前列に小さな体を潜《もぐ》りこませ、フェンスを乗り越えそうな勢いでイッカクの走りっぷりを見つめるナツメは、俺よりも遥かに感動を表に出していた。

競馬場に足を運んだことのある俺ですら血が滾《たぎ》るのだから、初見《しょけん》も初見のナツメたちならなおさらだろう。ミミなんかは圧倒《ひょうかい》されてますますぽけっとした表情になっている。

そしてこれで謎がすっと氷解《ひょうかい》した。

イッカクとはつまり一角、一本ヅノのユニコーンのことを指していたのか。

けどなんでヒメリはわざわざ馬じゃなくてこれを勧《すす》めてきたのかだが……そんな肩の凝《こ》る話はひとまず置いておき、レースの展開に集中する。

大外の八枠から飛び出たイッカクが先頭を走り、レース全体を引っ張っている。一頭だけ大きく出遅れているイッカクがいるが、あれはおそらく脚《あし》を溜《た》めているに違いない。

「よし、よし、よし！　いいぞいいぞ！　そのまま順調にぶっちぎっていけ！」

右隣にいるおっさんは暫定《ざんてい》一位のイッカクを見てはしゃいでいるが、逃げる展開に持っていくにしてはあまり差を開けられていないし、むしろ厳しいと見るべきだろう。

それに大外からスタートしたってことは走行距離が他より僅《わず》かに長いわけで、その分疲れが脚に来やすい。俺の見立てだとあいつは最終コーナー前で失速するな。

じゃあ力を温存している個体が勝つのかといえば、そうとも言い切れない。進路がふさがれていると抜け出そうにも抜け出せない場合があり得る。それに案外余力が残っていないことも多く、終盤でも伸びてこないケースはいくらでもあるのが、競走ってやつだ。

「このレース場に来たのは初めてかい？」

そんなふうにレースの行く末を見守っていると、ふと、別のおっさんが話しかけてきた。

券の握り締め方に常連の空気が漂っている。

「そうだけど」

「おお、そうかい。だと思ったんだよな。毎日来てるけど見たことない顔だったし」

やっぱり常連だった。というか最早《もはや》ジャンキーの域では。

「この町の人間で初観戦ってことはないだろうから、兄ちゃんはよそから来たんだろう。どうだ、すんげぇだろ？　イッカクの走る姿は」

「ああ。こいつはハマるわ」

「そうだろう、そうだろう！　元々は町おこしだったらしいがよ、おかげさまで旅行者の数も増え続ける一方だし、まったくありがたい限りだぜ」

だからド田舎なのに栄えてるのか。どこの世界でも娯楽産業は強いってわけだ。

「なんせ俺たち地元民ですら魅了《みりょう》され続けてるくらいだしな。スピードに乗った襲歩《しゅうほ》の迫力は もちろん、綺麗なたてがみが勇壮に振り乱れる様なんかたまんねぇよなぁ。荒々しいのに最高に優雅だぜ。それにプライドをぶつけあって争うことの激しさと儚《はかな》さが……」

おっさんは歳《とし》とヒゲ面《づら》に似合わない陶酔《とうすい》するような表情を浮かべる。

ぶっちゃけ若干《じゃっかん》気持ち悪いのだが、おっさんが語る魅力の数々は実に共感させられる点が多いので、完全に似た者同士である。

「けどハマったって言う割には、随分《ずいぶん》落ち着いて眺めてんな」

「そりゃまあ、本気で命削って賭けに来たわけじゃないし……大体このレースの投票は間に合わなかったしさ。それにこんな半分も走ってないうちから騒いでも仕方ないじゃん。これ一周が一六〇〇メートルだろ？」

「おっ、よく分かったな。そのとおりだよ。目測でぴたりと言い当てるとは、測量技法でも学んできたのか？　立派な若者だねぇ」

行ったことのある地方競馬場のサイズと大体一緒だったから、なんて言える空気ではないので黙っておいた。

しかしまあ、客層の多様なこと。これほど身分の垣根がない場所も珍しい。俺の隣でフェンスにかじりついているのはいかにも農夫って感じの筋肉質なおっさんだが、その少し向こうには農場経営をやっていそうな身なりのいいおっさんが羊皮紙《ようひし》片手にペンを咥《くわ》えて次のレースの予想を始めているし、櫓の上の席では豪華絢爛《けんらん》な衣装を着て、数人の従者を引き連れた貴族風のおっさんまでいる。っておっさんばっかじゃねぇか。

そんなおっさんの見本市に少しばかり気を取られている間に、既にイッカクたちは最終コーナーへと差し掛かり、レースはいよいよあがりを迎えている。

予想どおり先頭を走っていた八枠のイッカクはバテてしまい、後ろにつけていた第二集団に最後の直線に入る前に抜かれていった。抜かれた瞬間に上がる阿鼻叫喚《あびきょうかん》の声。それと同じか、いやそれ以上に大きな歓喜の声が俺の耳をつんざく。

勝負はまだ分からない。このストレートですべてが決まる。

位置取りが激しさを増していく！

すべてのイッカクが最後の力を振り絞っていた。

ラスト二〇〇メートルのスプリント勝負。ここを制したものが勝利の栄冠を手にする。

その中で、一際《ひときわ》鋭く疾走するイッカクがいる。

最後尾につけていたイッカクだ。終盤の終盤でついにトップスピードに到達し、あらゆる感情が渦巻いた叫び声が観戦席から上がる中、前を行くライバルたちをあれよあれよとゴボウ抜きしていき――そのまま速度を衰《おとろ》えさせることなくゴールラインを駆け抜けた。

一馬身以上をつけた、文句なしの一着。

見事な末脚《すえあし》だった。

その華々しいゴールは、巻き起こる砂煙と、ちり紙以下の価値に暴落した外れ券の紙吹雪《かみふぶき》をもって迎えられていた。

「いやあ強い！　あいつに賭けて正解だったな！」

俺にイッカクレースの魅力を存分に語ってくれたおっさんが手を叩《たた》いて喜んでいる。どうやらあのイッカクを軸《じく》にしていたらしい。

常連のおっさんが目をつけるくらいなんだから、あのイッカクは本当に実力がある差し馬と見て間違いないな。ダートの一六〇〇はそう滅多《めった》なことでは荒れない距離だし、その状況下で落ち着いたレース運びをして勝利したんだから大したもんだ。

まあそんなことはどうでもいい。

久々に手に汗握らさせてもらっただけでも満足だよ、俺は。

そしてヒメリがフォルホンについて話したくなさそうにしていた理由も分かった。あいつ、絶対このレースの存在を知っていたな。常日頃娯楽に餓《う》えている俺が好みそうだから明言を避けていたに違いあるまい。

残念、堪能《たんのう》させていただきましたー。

それに楽しんだのは俺だけじゃなく、ウィニングランを誇示するイッカクを見つめるナツメの瞳の輝きは留《とど》まるところを知らないし、ホクトも自分の中に流れる馬の血が騒いでいるのか、その力強さに胸を打たれていた。

「素晴らしい勝負でありました。不器用ゆえうまく説明できませんが……無性に勇気づけられたような思いであります」

こう見えてこいつは感動屋なので、涙腺《るいせん》が緩《ゆる》んでいるのが分かった。

その気持ち、分かる、分かるぞ。

競馬にはドラマがあるからな、うむ。

そんな余韻《よいん》がまだ残る中。

確定した結果が張り出されるのを横目に見やりながら、俺はしみじみとさっきのレースを回想する。周りのおっさんたちも思い思いの感想を語り合っており、祭りの後の静けさ、みたいなものはない。熱気はいつまでも尾を引いていた。

「相当速かったな……少なくとも二分は切ってたか？」

だとすると、俺のよく知るサラブレッドよりも速いことになる。イッカク恐るべし。

「それにあんな競《せ》ったスパート勝負になっても全然鞭《むち》とか入れないのな」

「鞭？　そんなものはいらねぇ、いらねぇ」

例の常連のおっさんが手を振って否定してきた。

「イッカクは人間並に頭のいい生き物だから、騎手の考えていることくらい言葉や、なんなら手綱《たづな》の力加減で察するのさ。無粋《ぶすい》な鞭なんてものは必要ないぜ」

「へぇ、そうなのか」

「逆に言うと、それだけ乗り手との信頼関係が重要になってくるんだがな。っかー、この騎手とイッカクの種族を超えた友情ってのも熱いんだよなぁ……」

おっさんがまたロマンの世界に一人浸《ひた》りだしたので、俺は視線をトラックへと戻す。

「……ん？」

イッカクにばかり意識を取られていたから気づかなかったが、騎手に目を向けてみたらみたで、少々風変わりな点が見受けられた。

レースを終えた八頭のイッカクに騎乗していたのは全員女で、それも、女の子と呼んだほうがいい若さに見える。華奢《きやしや》で小柄《こがら》で、可憐《かれん》ですらある。

「ああ、それはだな」

よほど俺が怪訝《けげん》そうにしていたからなのか、おっさんは質問する前から教えてくれた。

「あいつらはプライドが高くてな、純潔の乙女しかその背中に乗せねぇんだよ。それ以外の人間からは邪《よこしま》な征服欲を感じ取ってしまって、どうにもダメらしい」

「ふーん」

なるほどなるほど。

……俺の知っている言葉で表すと『処女厨《しよじよちゆう》』ってやつに当てはまる気がするが、あの高貴な見た目の生き物には似つかわしくない称号なのでそっと心にしまっておこう。

「それに牝馬《ひんば》だけじゃなく牡馬《ぼば》もいるしな、うん」

「いやいや、レースに出場するイッカクは全部オスだ。潜在的な競争意識がオスとメスでは段違いだからなぁ。レースに向いているのはオスだけだ。それにプライドが高いというのもオスだけで、メスはむしろ博愛的な性格をしていることが多いぞ」

　やっぱ処女厨じゃねぇか。

「ただ騎手を務めてる子たちのおかげでこのレースの人気が出てる側面もあるからな」

「なんじゃそりゃ。どういう理屈だよ」

「簡単な話だ。贔屓《ひいき》の騎手ができると、応援しやすいだろ？」

「いやはやまったくそのとおり！」

　その話題に及んだ途端、丸い腹をした別のおっさんが急に話に割って入ってくる。

　かなり高めのテンションで。

「ハッハッハ、自分なんぞはイッカクにはまったく詳しくなかったのですが、お気に入りの娘さんができてからはすっかりハマってしまいましてな！」

「はぁ、そういう興味の持ち方もあるのか」

「若い娘さんが真剣な眼差《まなざ》しでレースに打ちこむ姿は、いつ見てもいいもんですなぁ！　青春ですよ青春！　あなたもそう思うでしょう？」

「そ、そっすね……」

「今回はルジアちゃんが乗っているイッカクを買いましたが、全然でしたな！　でも負けて悔いなしですよ！　夢を与えてもらえましたし！　ハハハハ！」

　この笑い袋みたいなおっさんの話によれば、騎手が全員年頃の女の子なせいかアイドル的な人気がつく場合が往々《おうおう》にしてあり、いわゆる『騎手買い』も多いという。

これはもしや……。

競馬とアイドルの融合という、まったく新しいビジネスモデルなのか……。

「それより、もうすぐ四番レースの投票締め切りだぜ。買い足しておかなくていいのか？　今頃他の連中も負けを取り返そうと窓口に駆けこんでんじゃねぇかな。混雑するから買うんだったら早めにしたほうがいい」

「買うもなにも、なんのデータもないからな……どいつに賭けりゃいいのやら」

「だったら外のパドックを見てきたらどうだい？　ちったぁ参考になると思うぜ」

「ほう、そりゃ面白そうだ」

前情報が一切ない分、目利《めき》きのし甲斐《がい》があるじゃないか。

「ちなみに私ならミントちゃんの乗る二枠のフェアリーテイルを一点買いしますね！　しますねというか、実際にしましたがね！　ハッハ！」

おっさん（丸型）が個人的な本命を教えてきた。

なんて参考にならない予想屋なんだ。

「いいところに目をつけるじゃないか。あの子は美人で腕もいい。今日組んでるイッカクもなかなかの上玉だ」

「気が合いますなぁ！　私どもは金貨五枚分の夢を託《たく》させていただきました！」

「ただいささか愛嬌《あいきょう》に欠けてやしねぇか？　勝っても滅多に笑わないし」

「いやいやそれがいいんじゃないですか！」

おっさんたちのレース談義がやみそうにないので、こっそりと離脱し、ミミたちを連れて言われたとおりにパドックを視察しに向かう。

おざなりじゃなく、熟慮《じゅくりょ》して賭けたレースのほうが何倍も面白いだろうしな。

当初の目的がなんだったか完全に忘れ去られているような気がしたが、深くは考えないでおこう。

で。

会場裏手に設けられたパドックに到着すると、出走を控えたイッカクたちを間近で見られるだけあって、こちらはこちらで人だかりができていた。

こうしてちっぽけな柵《さく》ひとつ隔《へだ》てた位置からじっくりと見てみると、毛の色ひとつとってもかなり個体差があることに気づかされる。ピンクに近い色のものや、薄く緑がかったもの、あるいはそれこそ混じりっけのない純白なものまで種々様々で、そのすべてが惹《ひ》きつけられるだけの美麗さを誇っている。

おまけに、どいつもこいつも面構《つらがま》えがいい。根っからのイケメン種族だな。

「ご主人様、どのイッカクが速いとかってあるんですかにゃ？」

目移りさせながらナツメが聞いてきた。

俺もそこまで競馬について専門的な知識があるわけじゃないが、しかしある程度のセオリーなら分かる。

「速いと強いはまた別だからな……とりあえず、コースがダートなんだろ？　ダートは砂に足を取られるから、パワーのある奴ほど有利だ。でかくて重い馬が勝つ」

ということで俺が目をつけたのは。

「あいつだ。あの四のゼッケンをつけたイッカク。あれを追加で買っておくか」

俺は他に比べて群を抜いて大きな体を持つイッカクに指を差す。

かなり青みの強い体毛をしており、風格がある。

ってかこれ、めちゃくちゃ強い馬の可能性が高いな。脚周りの太さが段違いだ。

ただ気にかかるとしたら、しきりに首を横に振るクセが見られる点だろうか。あれは相当気《き》性《しょう》が荒いな。綱を引く騎手もわたわたとしていてどことなく危なっかしい。

まああまあ、そんなことはあの堂々たる体躯《たいく》の前では些細《ささい》な問題だろう。

あいつは必ずやってくれるはず。

「ビッグブルーにベットするのですか？」

ミミの持っていた出走表に羽根ペンで大きく丸をつけていると、おっさん……ではなく、俺と同年代と思われる青年が話しかけてきた。

髪が整えられており、身なりも清潔だ。そもそも顔立ちからして知的な雰囲気がある。こいつは間違いなくギャンブル界隈《かいわい》で呼ぶところのロジック派だろう。

「ビッグブルーっていうのか、あのイッカクの名前」

「ええ。見た目のままですね」

「ほほう」

こいつが縁起《えんぎ》がいい。史上最強馬もそんな感じの異名がついていたはずだし。

「ですがビッグブルーは、デビューして数カ月ではありますけど、未だに勝ったことがないイッカクですよ。自分も期待を寄せてはいますが負け続きなのです」

「そりゃ経験不足のせいだろ。あの体つきだぜ？　そろそろ勝つ番が巡ってくる頃だ」

「だといいのですけどね……」

ロジック先生はそれ以上なにも語らなかったが、俺はこれと決めた馬にはとことん惚《ほ》れこむタイプなので、出した答えは揺るがなかった。

窓口へと向かい、四枠を軸にした券を何点か購入。

合計で二〇〇〇Gほど使ったが、金に困っているわけじゃないから配当は問わない。

純粋にレースを楽しませていただくとするか。

数十分の空き時間を経《へ》て、四番レースが出走を始める瞬間がやってきた。

さすがに自分も賭けているとなると気合の入り方が違うので、ナツメ同様最前列に立つ。

「ドキドキしますね」

ミミがそう俺の耳元でささやいたが、そのかすかに熱と高揚《こうよう》を帯びた甘い声もまた俺の胸の鼓動を大きくさせた。

二重の緊張に心臓が弄《もてあそ》ばれるうちに、いよいよ出走時刻に達したらしく。

ロープがバンと音を立てて跳ね上がり、八頭のイッカクが我先にと駆け出し始めた。

俺の賭けている四枠のビッグブルーはやや出遅れたが、十分取り返せる範囲だ。

加護がある……とはまったく信じていないが、熱くなってきた手の力の持っていき場として、アリッサからもらった幸運のロザリオを握り締める。

コーナーを曲がり、団子《だんご》状の集団が維持されたまま、かなり緩やかなペースでバックストレートへと入る。ビッグブルーは後方から三番手。悪くないポジションだ。

「よしいいぞ！　俺たちのレースだ！」

力のある馬はここからが強い。スピードではなくスタミナの勝負に持ちこめる。

あと、なんか勢いに任せて『俺たちのレース』とかいう感情移入しまくりの恥ずかしい発言をしていたが、周囲も熱狂していたので感づかれなかった。危ない危ない。

レースは運命の分岐点となる最終コーナーへ。

ここでもまだ馬群は塊《かたまり》になっている。騎手同士で牽制《けんせい》し合っているのが遠い観客席から見守るこちらにも伝わってくる。

ラストの直線。イッカクたちのギアが上がる。

「おお、帰還してきたであります！　なんと胸の震える光景でありましょうか……！」

ホクトはイッカクが一周してきて再び客席前のホームストレートに舞い戻ってくる瞬間が特に感動するらしく、既にじいんときていたが、まだ早い。

盛り上がりが最高潮を迎えるのはゴール手前のこの距離からだ。

「ここだ、ここ！　勝負のかけどころだぞ！　一気にまくれぇ！」

俺が声援を送るビッグブルーも、ここから伸びて――。

伸びて……。

……こない。

「は？」

俺の目はおそらく、傍《はた》から見ると点になっていたに違いない。

一着は結局ミントとかいう子が乗っていたうっすらオレンジがかったイッカクで、俺の推《お》していたビッグブルーは、三着という平凡な順位に終わっていた。

ロザリオが手の中からするりと滑り落ちる。

……いやいやいや。

納得いかねー！

負け惜しみでもなんでもなく、別に敗れたこと自体は悔しくない。

それよりもとにかく、納得がいかなかった。どう考えてもあそこからぐぐっと伸びてきてハナ差でかわす流れだったのに、騎手の懸命な手綱さばきも虚《むな》しく意味もなく脇見をして、不自然なくらい速度が上がってこなかった。

ゴール後のクールダウンの様子を見てみても、優勝ペアがまだ緑のロングヘアーとオレンジのたてがみをなびかせて走り続けているっていうのに、すぐにやる気なく立ち止まってあくびを漏《も》らすなど、ダラダラとしていて死力を尽くしたようには到底思えない。

なんだか無性にイラついてきた。なのでもう一回言わせてくれ。

納得いかねー！

そう心の中で叫ぶ俺の手を、ミミがぎゅっと握ってきた。

「気を落とさないでください、シュウト様。きっと次の機会に幸運が持ち越されただけですよ。シュウト様の幸せのためにミミも尽力《じんりょく》します」

「いや結果そのものはいいんだよ……なんかこう、消化不良というか」

せめて全力で戦って負けてくれたんなら俺もあいつのことを認めてやったのに。

もしかして、あんな感じで無気力だから連敗続きなのか？

だとしたらせっかくの才能腐らせすぎだろ、あいつ。

悶々《もんもん》としているうちに確定した着順が掲示板に張り出される。

順位に変動はなし。そりゃそうだ。

「まーた負けちまったかぁ。買いはしたけど、やっぱりてんでダメだったな」

「三日前のレースも同じ順位でしたっけ？　伸び悩んでますねぇ」

「あのガタイなら、普通に走りゃあ何勝かはできてそうなもんなんだけどよ。ったく、じゃじゃ馬にもほどがあるぜ」

「まったくだ。一緒にやってるナターシャがかわいそうだよ」

「そうかぁ？　俺は騎手がしっかりしてないからダメだと思うけどなぁ」

「それを言っちゃおしまいだよ。そりゃ確かに応援したくなるオーラは出てるけど、腕前は大分落ちるからな」

「関係ねぇ。あいつじゃ誰と組ませても一緒だよ。性格に難アリ、ってやつだ」

俺と同じようにビッグブルーに賭けていた連中の怨嗟《えんさ》の声が聞こえてくる。

騎手の責任、という意見もあったが、確かにあの巨漢を手なずけられているようには見えなかった。といっても青いロクデナシと違って一生懸命にやってただけマシだな。

それより、傷を舐《な》め合う会話の中で、ちょっと気になる一言が聞こえてきた。

「そもそも競走に向いてないいんだよ。こりゃ早期引退だろうな」

「引退だって？」

輪の中に交ざる俺。

「あのイッカクってまだデビューしたてなんだろ？　そんなすぐ見切られるのかよ」

「仕方ないだろう。物事には向き不向きってもんがあるからよ、芽が出そうにないなら早めに引退させてやったほうが本人のためにもならぁ」

「厳しい世界なんだな……ところで引退したらどうなるんだ？」

「ん、知らないのか？　引退後は種馬にするか、畑仕事を任せるか……そのどちらも無理なようなら、持ち主の判断で一般に売りに出されるぜ」

「売られる？　ってことは、たとえば俺なんかが買うこともできるってことか？」

「おうよ。ま、そんじょそこらの馬と比べちゃ高価だがね」

そうか。そうなのか。

イッカクは、買えるのか。

Episode.2

俺、教育する

一夜明けた翌日。

俺がミミたちと共に今朝から訪れているのは、レース場にいた農夫たちから教えてもらった厩舎《きゅうしゃ》の、そのうちのひとつである。

イッカクを飼う小屋だけに留《とど》まらず、芝の生え揃《そろ》った放牧地や育成用の簡易トラックまで準備されており、かなり本格的な施設といえよう。

当然、敷地面積もそれ相応。冗談みたいにスケールのでかい場所だ。

今日は天候も抜群によく、この広大な牧場にふさわしい清々《すがすが》しい空の下……なんてそれらしく言ってはみたものの、現実的な話をするとそこらじゅうから藁《わら》と、そして馬糞《ばふん》のむせ返るような匂《にお》いが漂ってくるので、そんなに爽快感《そうかいかん》はなかった。

これは嗅覚《きゅうかく》の鋭いナツメなんかはたまらんだろう、と思ったのだが、意外にも慣れた様子で、なんでもウィクライフにいた頃町外れの酪農家《らくのうか》の下で働いていた経験があるため、そんなに気にならないらしい。

ミミとホクトの二人も草食動物の血がそうさせるのか、随分《ずいぶん》と馴染《なじ》んでいるご様子。

ってことは俺だけか、普通にクサイと感じてるのは。

「ささ、見学はご自由に。ただしイッカクに酷《ひど》いことはせんといてくださいよ」

冗談っぽく話すツナギの服を着たジイさんは、誰あろうここの厩舎長で、現在売りに出されているイッカクを見せてくれないかと掛け合うと快《こころよ》く招き入れてくれた。

で、そのジイさんの案内で、俺はリタイア済みのイッカクが飼育されている木造の厩舎にまで立ち入っている。

区切られたケージから伸びるイッカクの首が、ずらっと並ぶ様は壮観だった。

勝負の世界から下りていることもあってか、顔つきは穏やかで、おとなしい。

「現役を退《しりぞ》いたイッカクばかりですから、ほとんどは私のように老《お》いてはいますがね、それでもまだまだ元気ですよ。私も負けていられませんなぁ」

老いてなお脚力は健在、ってことか。

ところで、ひとつどうしても聞いてみたい質問がある。

「ちょっといい？」

「なんですかな？」

「レースに出ないって意味では、メスもそうじゃん。そっちは売ったりしないの？」

「メスのイッカクを売るなんてとんでもない！　メスの出生率はオスに比べて遥《はる》かに低いものでしてな。繁殖のために引っ張りだこなのですよ」

「ふうん、そんなに希少なのか」

「そうですとも。希少だからこそモテモテとも言えましょうか。もし売りに出すとしたら、そうだのう、オスの三十倍の値をつけますかね、わっはっは」

オスは処女厨《しょじょちゅう》でメスは逆ハーレムって、なんか凄《すご》い矛盾《むじゅん》した種族のように感じるが、たぶん同種に対しても貞操観念を求めるってわけじゃないんだろう。

難しい奴らだな、競走イッカクってのは。

「イッカクは頭もよく、主人と認めた相手には忠誠を尽くしますから、大変世話のしやすい生き物ですよ。冒険の共には最適ですわい」

なるほど、だからヒメリはイッカクを勧《すす》めてきたんだな。

飼うのが簡単で、馬力も馬以上にある。まだ正式には聞かされていないコストにさえ目をつむれば荷車を引かせるにはうってつけだ。

と、ここで「おお、そういえば」とジイさんが手を打って話題を転換する。

「イッカクレースそのものには興味がおありですかな？」

「そりゃまあ。昨日見てきたばかりだけど、すぐにでもリピートしたいくらいだよ」

「そうですか、そうですか。でしたら、せっかくですから競走用のイッカクも見学していかれるといいでしょう。今日はレース明けで厩舎に帰ってきておりますからな」

「いいの？　部外者なのに」

「構うものですか。お客さんたちはまだ若い、何事も体験ですぞ」

親切なのか自慢したいのかよく分からなかったが、ともあれ、現役バリバリのイッカクがのんびり体を休めている厩舎に招かれる。

「おお……これは……！」

凄《すご》かった。

語彙《ごい》が乏《とぼ》しい都合で凄いとしか言いようがないのだが、とにかく凄かった。

小屋の構造はまったく同じなのだが、そこに控えているイッカクの威圧感が違う。精悍《せいかん》な顔つきに、彫刻のような肉体。まさしく最前線で戦う男たちの姿である。

「触っても構いませんよ。撫《な》でてやってください、喜びますから」

「いいんですかにゃ!?」

言われる前から撫でたくて撫でたくてうずうずしていたナツメは、許可が下りると同時にすぐさま右手を伸ばし、ブラウン交じりの毛色をしたイッカクのツノ周辺を撫でる。

するとイッカクは首を垂らし、気持ちよさそうに眼をとろんとさせた。

その様子を見ていた他のイッカクたちが、「俺も俺も」とばかりに首を目いっぱい伸ばし始める。これにはさすがのナツメも驚いて、びくっと耳の毛を逆立てた。

「わはは、お嬢さん、大人気ですのう」

「ミャーの手、そんなに気持ちいいんですかにゃあ……？」

予想外に反応がよかったことに戸惑《とまど》うナツメ。

しかしいざ俺が頭を撫でようとすると、「バフッ」みたいな音のぬるい鼻息を吹きつけられるだけだった。どんだけ男に冷たいんだよと毒づいたが、意外にもミミやホクトに対しても素っ気《け》ない態度を取っている。

ここで俺は思い出す。

曰《いわ》く、『イッカクのオスは純潔の乙女しか背中に乗せない』。

……。

分かりやすい奴らめ。

なんてツッコミを胸の奥で呟《つぶや》いていると――。

「厩舎長さんもいらしたんですね」

厩舎の入り口側から平淡な声が聞こえてきたので、皆して振り向く。

うおっ、美人だ。

……最初の感想がそんなものなあたり、俺もイッカクと同じ穴の狢《むじな》だと痛感させられるのだが、とにかく真っ先にそう思ってしまうくらい、一頭のイッカクを引き連れてそこに立っていた女は端整な顔立ちをしていた。

スタイルもよく、スラッとした長身で、モデル体型である。

けれど着ている衣類は洒落《しゃれ》たブランド物なんかじゃなく、つい昨日レース場で見てきたばかりの泥臭《どろくさ》い勝負服。

そう、つまり、彼女は騎手なのだろう。

ん？　でもだな。

顔に見覚えはなかったが、輝きを放つエメラルドグリーンの髪は記憶に残っているぞ。

「ミントか。まだ疲れがあるだろうに今日も早いのう」

聞き覚えのあるその名前で確信に変わった。

昨日俺が賭けていたイッカクを負かした奴じゃないか。

「放牧させてきたのか？」

「いえ、コタローくんたちに手伝ってもらって、この子の体を洗ってきたところです」

「そうかそうか、そりゃあいい。こやつもリフレッシュできただろう」

「だといいですけどね」

まあ知り合いでもなんでもないので雑談には加われないし、別に大した縁というほどでもないので話しかける動機もない。

なので俺は伴《ともな》っていたイッカクを眺める。

ピンク、と呼ぶには少々赤みが強い。パートナーが話しこんでいる間も首を振ったり体を揺すったりしないあたり、かなりの優等生と見た。

けど妙だな。昨日は確かもっとオレンジっぽい色のイッカクに乗っていたはずだが。

ところでコタローって誰だろう。

……と素朴な疑問を抱いていたら、足元をなにかが走り抜けていくのを感じ取った。

しかも、二回。

「厩舎長さん、おつかれさまでーす！」

「おつかれさまでーす！」

鋤《すき》を担《かつ》いだ二人の少年がジイさんのもとに走り寄っていったのだと気づいたのは、そのよく言えば元気潑溂《はつらつ》、悪く言うと騒がしい声が聞こえてきてからだった。

大きな耳が生えている。獣人だ。

丸っこいその形を見た感じだと、ネズミの獣人ではなかろうか。ちっこいし。

「他にお仕事ありますか？」

「ないならお休みいいですか？」

そっくりの顔――おそらく、双子なのであろう――を並べて交互に聞いていたが、片割れは隙《すき》あらばサボってやろうという魂胆《こんたん》が透けていた。

「はっはっは、残念ながら山積みだわい。まずは……そうだ。コタロー、コジロー。今見たら向こうの厩舎の飼料《しりょう》が切れておったぞ。満タンに補充しておいてくれ」

「はいです！」

「わかりましたー！」

やたらと元気よく返事をした二人は、物凄い速さでダッシュしていき。

あっという間にいなくなってしまった。

どうやら双子の片方をコタロー、もう片方をコジローというらしいが、俺の頭の中では名作絵本に登場するキャラクターの名前に変換されているし、なんなら青と赤で色分けしてほしいくらいのことを考えていた。

「な、なんだったんだ……竜巻かあいつらは」

「いやはやお見苦しいところを。あの子らも当厩舎の立派な働き手でして。ですがいいもんでしょう？　うちの職員全員があの二人くらい元気があればよいのですがね」

それは逆に疲れると思う。

「おっと、いかんいかん、話の途中だった。この先の予定はどうするつもりかね？」

ミントに視線を戻すジイさん。

問いかけられた美形騎手は身じろぎひとつせず。

「許可をいただけるなら、このまま軽くトラックを回ろうかと」

「おお、無論だとも。万全の状態でレースに臨《のぞ》めるようしっかり調整していきなさい」

「ありがとうございます」

そう言い残すとミントはイッカクを連れて厩舎を後にする。登場から今に至るまでほとんど表情筋を動かすことはなかったし、見物客の俺には一回も目をくれなかった。が、昨日会ったファンのおっさんの話を聞く限り、それがいい、という一部の層のハートをがっちり掴んで離さないのだろう。

「どうです。いい子でしょう？」

「いや今の会話のどこにいい子要素があったのか分からないんだけど……それより、昨日乗ってたイッカクとは違ってなかったか？　連れてたの」

「あの子は技量が高いから、複数のイッカクを任《まか》されているんですよ。それに最近調教師の資格も取りましてね。うちでも働いてくれているんですわ」

「へえ、そいつは大変だな」

「自分の担当以外のイッカクの世話にも協力的ですし、本当に助かっとりますよ」

確かに『いい子』だな、そりゃ。

「どうせならトラックにも足を運んではいかがですかな？　ミントとあの子……ハイエンドマターの練習風景をご覧になっていきなされ」

そう朗《ほが》らかに提案されたので、どうせこの町にいる間は探索《たんさく》に出かける機会もなく暇《ひま》なこともあり、お言葉に甘えることに。

案内された先……というか小屋を出てすぐに目につく場所なのだが、黄緑色の芝生が伸びただだっ広い牧場を囲むように、砂を敷き詰めた円が描かれている。

これがこの厩舎に設けられた育成用のトラックだ。

何頭かのイッカクの中に紛《まぎ》れて、ハイエンドマターとかいう紅白入り混じったイッカクが今まさにミントを乗せて歩いている姿が見える。

その光景を興味深そうに眺めるホクト。

「む、随分《ずいぶん》とゆっくりなのでありますな」

「こんなとこで全力出しても無駄だしな。調整だよ。ちょっとした散歩みたいなもんだ」

「なるほど。一流の戦士は休む時は誰よりも休むといいますが、イッカクレースの世界でも同じなのでありましょうな」

「おう。そういうことだ」

どういうことなのか正直よく分からなかったが、ホクトがあのイッカクからも学ぶべき点を見出《みいだ》していることだけは分かった。

こいつは努力家かつ純粋なので、大抵のことは成長の糧《かて》にしている。

しかしオンオフの切り替えなら俺も負けていない。休日は溶けたスライムかよってくらいにベッドでぐでんとして――。


「ど、ど、ど、どいてくださ〜〜い!!」


急に後ろから、素《す》っ頓狂《とんきょう》な叫び声が聞こえてきた。

けたたましい足音をオマケにして。


「うおっ!?」

振り向くのが先か、飛びのくのが先か……なにぶん必死だったのでそれは卵《たまご》鶏《にわとり》問題なんかよりもずっと不明瞭《ふめいりょう》だったが、とにかく俺とホクトは、後方から猛スピードで迫ってきていた『それ』をギリギリのところで避けることは叶《かな》った。

通り過ぎていった『それ』を改めて確認する。

……馬鹿がみる馬のケツ、なんて言い回しを思い出して、無意味にイラっときた。

ホクトと、それから心配そうに駆け寄ってきたミミに支えられて体を起こした俺の両の目に映っているのは、筋肉質の脚を生やした、異常に引き締まったドデカい尻。

ふっさふさの尻尾がこっちをあざわらうかのように揺れていて。

そしてそのすべてが蒼白《そうはく》だった。

「こ、こいつ、まさか……」

忘れもしない。

「……ビッグブルーか？」

こいつもこの厩舎で飼育されていたのか！

「これ、なにをしとるか！　大事なお客さんに、まったく……！」

憤慨《ふんがい》しながらイッカクに詰め寄ったジイさんは強い語調で叱《しか》りつけたが、当のビッグブルーの野郎は鼻とツノをそっぽ向かせて、まるで反省していなさそうだった。

「ナターシャもナターシャだ。ちゃんと制御してやらんといかんぞ！　……まあ、ワガママなこやつをうまく扱えというのも酷な話だとは分かっておるが」

「す、すみません。あのっ、きゅ、急にトラックを逸《そ》れて走り出してしまいまして……」

ジイさんは手綱《たづな》を取っていた背の低い女の子にも注意を与えている。

この小柄さで特大サイズのイッカクとコンビなのがなんともアンバランスである。

肩の辺りで切り揃えられた髪の色と、舐《な》め切った面《つら》をしたイッカクのたてがみだけがブルーで一致しているというのも、体格差のせいで妙におかしさを覚える。

しかも背筋を丸めてびくびくとしているから余計に小さく見える。表情もずっと怯《おび》えっぱなしで、これが面目《めんぼく》なさを感じているからならいいが、自信なさげな話し方や声の震え具合を聞いた感じだと、いつもこの調子だったりするんじゃないだろうか。

なんか心配になってくるな。

この性格で騎手を務めているというのも凄い話ではあるけど。

「あ、あの、ええと……」

ナターシャと呼ばれていた子がおずおずとこちらに体を向ける。

そういや昨日乗っていた騎手はそんな名前だったたな、なんて記憶をフラッシュバックさせる俺の目を見ながら、おどおどとしながらもナターシャは声を振り絞った。

「こっ、こんにちは！」

振り絞ったはいいが、フルスイングの空振りだった。

「……じゃなくてっ、あの、申し訳ありませんでした！」

慌《あわ》てて言い直し、頭を下げる。

まあなんだ、動揺してるのは分かったよ。

「そんなマジっぽく謝らなくていいよ。あんたのせいじゃないっぽいし」

「あ、ありがとうございます……こっ、今後は、より一層の細心の注意をっ」

「あとそこまで気張らなくてもいいから」

肩肘《かたひじ》張られるのは苦手だ。

それにいなたい雰囲気はあるが、よくよく見るとかわいらしい顔つきをしてるしな。

ここは可能性を繋《つな》ぐために俺の寛大な一面を示しておこう。

それよりだな。

「責任の所在つったら、こいつだろ、こいつっ！」

俺はずかずかとビッグブルーに詰め寄る。

ついでにチョップの一発でもくれてやろうかと思ったが、後ろ脚で蹴《け》り飛ばされそうな気配を察したので、やめた。めっちゃ睨《にら》んできてるし。逆ギレもいいとこだ。

「なんで俺めがけて走ってきたんだよ」

「厩舎外の人間を見かけて興奮してしまったのでしょう。こう見えて人見知りで、繊細なところがありましてな」

本当かそれ。ただ単に気分的に一人ぶっ飛ばしたくなったからってのがしっくりくる真相な気がするが。

なにせ、レースの場ですら自分勝手に振る舞ってたくらいだし。

「どんな躾《しつけ》を受けて育ってきたんだ、こいつ……」

真面目《まじめ》に走らないわ騎手を振り回すわで、無茶苦茶じゃねぇか。

「生来《せいらい》から仕方のない奴なんですわ。そのせいで、これまで担当してもらっていた調教師たちは次々に匙《さじ》を投げましたからな。ほぼ毎日付き合っているナターシャの忍耐強さが奇跡的なほどです」

本当に手のかかる子供ですよ、とジイさんはしみじみ語る。

「もっともその悩みもこれまでです。この子は競技生活にピリオドを打ちますので」

「えっ、昨日レースに出たばかりだろ？　もう引退するのか？」

「すぐにではありゃしませんが、予定日は組まれております。一カ月後のその日が引退レースになるでしょうな」

「はあ。そいつは残念だけど……馬主《ばぬし》の人も高い金出してるだろうによく決断したな」

そう聞くと、ジイさんは首を横に振り。

「オーナーは誰あろう私でございます」

と言った。

「いえ、暴れ馬な上に怠《なま》け者すぎて、なかなか買い手がつかなかったから、私が出資することにしたんですよ。せっかくこんなに恵まれた体軀《たいく》で生まれてきたのですから、一度もレースを走ることなく終わるというのはもったいないないし、なにより、こいつ自身が不憫《ふびん》でしょう」

出産から見守ってきたという厩舎長の口調は、昔を懐《なつ》かしむかのようだった。

こんなダメ息子にも分け隔《へだ》てのない愛情を注いできたのだろう。

「ですが、適性がイマイチでしたなぁ。そもそもレースとはなんなのかをよく理解できとらんようですし。いつまで経《た》ってもこの体《てい》たらくですから、引退もやむなしですわい」

俺とジイさんがそんな会話をしている間、ナターシャはしゅんとした顔をしていた。

まともに言うことを聞かない相方でも、やはり別れるのは悲しいらしい。

俺としても一度は惚《ほ》れたイッカクなのだからこいつの勝つところを一回くらいは見たかったというのが本音だが、引退が決まったのなら仕方がない。

まあ当のビッグブルーの奴は人間の都合なぞ知ったことかと気の抜けた面《つら》でくしゃみしているのだが。

「じゃあなんだ、引退の決まったイッカクの調教を律儀《りちぎ》にやってたってことか？」

「そ、そうですっ。引退するまでの間にも、レース、が、ありますからっ、ビッグブルーが少しでもいい結果を残せるように、と……」

人差し指同士を突き合わせたナターシャは、おどおどとしながらも殊勝《しゅしょう》なことを言う。

明後日《あさって》に開かれるレースにも出走予定が入っているらしく、調教師のついていないビッグブルーの調整に騎手の自分が参加しないわけにはいかなかったとのこと。

根が真面目なんだろうな、きっと。

次のイッカクを任された時はぜひとも報《むく》われてもらいたいものである。

「……まあ俺がつべこべ言うようなことじゃねぇな。それよりだ」

大方の施設を見回ったので、ようやく本題に入る。

厩舎見学がそれなりに楽しかったのは認めるが、俺が本当に用があるのはイッカクの個人所有についてだ。

「大体どのくらいの金額で売ってくれるんだ？」

「おお、失念するところでした。お客さんは商談に参られたのでしたな。モノにもよりますが、六〇〇〇万から七〇〇〇万の値をつけさせてもらっとります」

「ふむふむ、六〇〇〇万から七〇〇〇万ね」

右手の指を折る。一本、二本、三本……。

「……って……」

俺は折っていた指が片手で足りなくなったところで、ようやく脳にショックがいった。

「高っ!?」

仰天《ぎようてん》するなというほうが無理ってもんだ。

しかし考えてみれば当たり前の話である。サラブレッドの馬主になるには家一軒建つくらいの予算が必要になるし、引退済みとはいえこの世界における競走馬、それもサラブレッドを超える脚力を持つイッカクが例外のわけない。

いや払えることは払える。払えるがしかし、全財産の半分以上をごっそり持っていかれるというのもいかがなものか。確かに俺には金運の女神がついているとはいえ（そんなピンポイントな女神ではなかった気もするが）、この先リステリアの地下迷宮のように景気よく稼《かせ》げる探索場所に巡り合えるという保証はどこにもない。

「どうなさいます？」

再確認される。

「ま、焦《あせ》ることはないですわい。じっくり吟味《ぎんみ》してからで構いやしませんよ」

このジイさん、こんな人畜無害そうなナリして相当儲《もう》けてやがんな。

「七〇〇万……七〇〇万か……」

途方もない金額に頭を悩ませる俺は、ふと。

もうじき引退を迎えるイッカクに視線が流れた。

「……参考までに聞いておきたいんだけど」

「なんですかな？」

「こいつが売りに出されるとしたら、いくらくらいの金額になる？」

「そうですなあ、実績がないから種馬としても微妙ですし、ましてこの性格で農耕用に使うのは無理でしょうから……ううむ、かといって荷を引くのも真面目にこなせるかどうかも怪《あや》しいものですし、せいぜい二八〇万Gがいいところでしょうかね」

二八〇万G！

ガクンと下がった、現実的なラインの額である。なんならホクトのカバンの中に預けてある金貨だけでも支払いに足りるし。

だが現実的なのは金額だけで、いざ実際に荷車を引かせる場面を想定すると、世を舐《な》め切った態度のこいつが俺に従うとは思えない。

背に腹を代えてもいいものか。

「あ、あの」

「……ん？　どうかしたか？」

うんうん唸《うな》って考えてこんでいたせいか、気弱そうに呼びかけてくるナターシャの声に気がつくのが、少し遅れた。

「誤解されがちですけど……こっ、この子は悪いイッカクじゃ、決してないです。もしオーナーになられるのでしたら、その時は、よろしくお願いします」

ぺこりと、深々と頭を下げられる。

「いやまだ買うと決めたわけじゃ……」

それにしても一番酷《ひど》い目にあっているのは騎手を任されているこいつだろうに、よくそんな健気《けなげ》な台詞《せりふ》が言えるな。感心すらしてしまう。

ただまっすぐな眼差《まなざ》しを見る限りでは、取り繕《つくろ》った嘘という感じではない。

いじましい少女だ。

……。

よく考えたらこいつが一番悔しい思いをしてきたに違いない。競馬は馬にばかり目が行きがちだが、勝敗に一喜一憂《いっきいちゆう》しているのは乗っている騎手もなんだから。

パートナーを一回も勝たせられないまま引退させるというのは堪《こた》えるだろう。

それでもまだ「悪いイッカクじゃない」とかばえるくらいに信頼が崩れていないなら、本当にナターシャの言うとおり、ビッグブルーはやればできる奴なのかもしれない。

しかしそんな秘められた潜在能力とかいう漫画じみた話はどうでもいい。

そんなこととはまったく関係なく、俺は決断を下した。

「俺はこいつを買うぞ。この馬鹿馬を」

訳あり物件とはいえ、格安で売ってくれるのなら乗らない手はない。

第一こんなところで七〇〇万も散財するのは今後のことを考えると無茶が過ぎる。

イッカクを手に入れるのに他に選択肢はなかった。

「一カ月猶予《ゆうよ》があるんだろ？　それまでに性根《しょうね》を叩《たた》き直してやらねぇと」

「でしたら、現役でいるうちに馬主になってみてはいかがですかな？　いやいや、心配ご無用。

売却価格は据え置きにしておきますので」

「馬主？　俺が？」

なんか夢のような話が出てきた。

転生前の世界ではそんな肩書きに憧《あこが》れたこともあったが……。

「そのほうがお客さんにとっても得ですぞ。レースでは二位までに入るとイッカクに賞金が出ますから。所有者、管理者、騎手で三等分ではありますがね」

「そいつはしごき甲斐《がい》があるな」

だったらせめて少しでも回収できるようにしておくか。

イッカクにしては破格の安値とはいえ、二八〇万Gの出費は決して安い投資ではない。

「ところで、名前はどうなさります？　別に変えずともよいのですが、今後のこのイッカクの所有者はお客さんですから、改名させることもできますよ」

おっ、そんな特典もあるのか。

「名前か……」

とりあえず青白い毛の特徴は活《い》かしておきたい。

そして馬名の基本、馬主の姓名。

シンプルかつ洗練された方程式に基《もと》づき、結論を出す。うむ、これしかない。また俺のネーミングセンスが炸裂《さくれつ》してしまうじゃないか。

「決まりだな。『シラサンブ――』」

「カッコイイからビッグブルーのままがいいですにゃ！」

――ん？

「『ビッグブルー』って厩舎長さんが名づけたんですかにゃ？」

「おお、そうだともそうだとも」

「ふっ、いいセンスをしておられますにゃ。皆さんはどう思いますかにゃ？」

「はい。ミミもとてもとても素敵なお名前だと思います」

「雄大《ゆうだい》な大海原を想起させる、この天性の巨軀《きょく》にふさわしい名前でありますな」

いや、待て待て。

なんでミミもホクトもナツメも現状に満足してるような表情なんだ。

「シュウト様はどのように思われでしょう？　今のお名前のままでも素敵ですけど、ミミたちはシュウト様の意見に従うつもりです」

三人の期待に満ちた目が一斉に俺に向く。

「……いや、俺もビッグブルーでいいと思うぞ、うん」

なんというか、言い出せる雰囲気ではなかった。

俺の甲斐性《かいしょう》、相変わらずぺらっぺらだな。

「わっはっは、いい名前でしょう？」

元の持ち主の笑い声が響く。

「ま、名前倒れでしたがな。スケールの大きなイッカクになるようにと名づけたのですが、いやはやこれがどうして未完の大器でしたわい。わっはっは」

ジイさんはそう冗談めかして頬を緩《ゆる》めるも、ナターシャはうつむきながらも決して笑おうとしないあたり、こいつだけはまだ大器晩成《たいきばんせい》を信じているように俺の目には映った。

観客からはへっぽこ扱いされていたが、ううむ、なかなか見所のある奴じゃないか。

「ただ俺は理想的なオーナーなんかじゃねぇから、金は出すけど口も出すぞ。明日もまた来るからな。『秘策』を授けるからナターシャも来ておいてくれよ」

パドックで眺めていた時から既に、こいつの真っ先に矯正《きょうせい》すべき点と、そしてそのためのアイディアは少なくともひとつ浮かんでいた。


明くる日。

俺は再び厩舎を訪れていた。

ミミたちに今週分の食料の買い出しを任せているので、一人での見参だ。

先ほど厩舎横に据えられた事務所でジイさんと売買契約を交わし、正式に俺にビッグブルーの所有権が譲渡《じょうと》されたばかりである。

で、だ。

今俺は、牧草地の上に立っている。ブーツ越しに足の裏に伝わってくるのは、芝生の柔らかい感触と、そして——乱暴としかいいようのない激しい揺れ。

「くぉら、待ちやがれえええええ！」

立っていると述べたが、正確には走っていた。

いやそれも微妙に間違っていて、より正確に表すと、追いかけていた。

大地を踏みしめて駆ける、規格外のでかさのイッカク——ビッグブルーを。

「待ち、待ちやが……ぜえ、ぜえ……。クソッ、大声出すだけでも疲れるんだぞ、こっちは！　いい加減止まれって！」

もちろん人間の俺の脚力で追いつけるわけがない。そんなのは分かりきった話だが、なにがムカつくってあの野郎はぶっちぎったりはせず、俺の手が届きそうなギリギリの距離と速度を保って走っていやがるから始末が悪い。

要は、おちょくられているわけだ。

「び、ビッグブルー！　止まってー！」

パートナーのナターシャの何度目かの呼びかけでようやく停止し。

やっと耳を貸す姿勢を見せてくれた。

それでなんでまた朝っぱらから大捕り物を繰り広げていたのかというと、二人、じゃなかった一人と一頭を集めて今日来た目的を説明しようとした瞬間、面倒な事態を察したビッグブルーが唐突に逃げ出したため、こんな次第になったってわけだ。

なんて生産的でないイベントだ。やった意味一切ないだろ。

人間の言葉を理解できるほど高い、イッカクの知能が招いた悲劇だ。

「ごめんなさいっ。私が、も、もっと、しっかりしてたら、その、よくて……」

代わりに謝る保護者のナターシャ。

それにしてもこの子、喋《しゃべ》る時はいつもしどろもどろだな。

ただイッカクに対して一途で熱心なのは疑いようがない。俺もわりあい早く宿を出発したつもりだったのに、ナターシャはそのずっと前から厩舎に来ていたらしく、「おはようございます」と挨拶したこいつは、すでにネズミ獣人の双子に交ざって入念にパートナーのブラッシングをしていた。

「ぜえ、はあ、ぜえ……えほっ、えほっ。無駄に疲れさせられたな……ええい、この馬鹿馬め！　せめて話のとっかかりくらいはちゃんと聞け！　大体馬鹿馬ってなんだ。三分の二が馬じゃねぇか。鹿に謝れ、鹿に」

俺の説教が右耳を通って順調に脳に届いているか、それとも左耳へと抜けていっているのかはこいつ自身しか分かりようがないが、「んべえ」と涎《よだれ》まみれの舌を見せつけてきているので後者の気しかしてこない。

「すぐに終わる予定だったのによ……本当は五分くらいあれば済むことだってのに」

そう呟《つぶや》くと急いでビッグブルーが舌をしまった。

おとなしく従ったほうが早いと感づいたらしい。

って聞こえてんじゃねぇか。話の内容聞き取りながらあの態度ってお前。

「いいか、よく聞けビッグブルー。お前には一個分かりやすい欠点となる癖がある。だがそれはすぐに直せる癖で、もっと言うとなかったことにできる癖なんだ」

馬には蹴り癖、嚙み癖、揺すり癖、とさまざまな癖がある。

「そんでこいつの場合、よそ見する癖が見られたからな」

パドックでそのような習性があったことをナターシャに伝える。

「そ、そうです。厩舎長さんにいただいたビッグブルーについてのメモにも書いてありましたっ。それと、『注意力散漫』、『手抜きの傾向あり』とも」

そのメモ、めっちゃ悪口羅列《られつ》してありそうだな。

「とにかくよそ見の癖がついてると、まっすぐ走ることができなかったり、他のイッカクに気を取られたりする。注意力を欠いたり周りのペースを見て走りがちになるのも、大もとをただせばこの癖が原因な可能性が高い」

「あ、あの……先生」

ナターシャがおずおずと手を上げる。

話の流れのせいか『先生』というむずがゆい呼ばれ方をしたのは、この際気にしない。

「イッカクの持ってる癖って、その……そんなにすぐには、矯正《きょうせい》できないって、ええと、そう思います。大変だって、いろんな人から聞いてますし……」

「だからこいつを用意したんだよ」

コートのポケットからあるものを取り出す。

一見すると折りたたまれた単なる青色の布のようだが、開いてみると……。

「これは……覆面、ですか?」

「そうだ。イッカク専用のマスクだ」

昨日厩舎から帰った後、すぐに裁縫職人に発注を出した一品だ。

羊毛や蚕《かいこ》などからの生糸《きいと》の生産が盛んな土地ゆえ、それに沿うように大型の裁縫工房が町の中に構えられていたのはラッキーだった。おかげさまで急ごしらえの割には丈夫かつ、見栄《みば》えよく仕上げてくれている。

「お前の毛の色に合わせて青の染料を使ってもらったんだぞ。似合うようにな」

俺はビジュアルを重視するタイプだ。

と、ここで問題発生。

「あっ、やべ」

しまった。馬基準で考えてたからツノの存在を計算に入れてなかった。

「……まあいいか」

気にせずかぶせる。

当然、ツノはマスクの額《ひたい》の部分を豪快に突き破ったが、ジャストフィットの穴を開けられたと前向きにとらえておくか。

とにかくマスクの装着は終わった。

だが、これはもちろんただのオシャレというわけではない。

「わっ、わっ？　ビッグブルー、ど、どうしたの？」

ナターシャはビッグブルーがマスクをつけた途端、いつもの横着な態度ではなく、所在なさげな仕草をしたことに驚きを見せた。

そりゃそうだろう。今頃あいつは、これまで覚えたことがなかったであろう『焦燥感《しょうそうかん》』ってやつに戸惑《とまど》っているだろうからな。

種を明かすと、特注したマスクには目の部分、それも前方しか見据えることができないような箇所にだけ穴が開けられており、ビッグブルーの視野を極端に狭めている。

「余計なとこを見ようとするから焦るんだよ。前を見ろ。そうすりゃ落ち着くぞ」

指示を出すと、物凄《ものすご》い嫌そうな顔をしながらも、渋々ビッグブルーは従う。

すると多少リラックスした様子になった。とりあえず前にさえ集中していれば、視界を確保することができる。この、前方に意識を集中させた状態が重要なわけだ。

「これで走ってみてくれ。軽くな。操縦は頼んだぞ」

「はっ、はい。やってみます」

鐙《あぶみ》に足をかけ、鞍《くら》にまたがるナターシャ。

引っ込み思案な割に運動神経はいいようで、動作は軽やかだ。

「小柄で身軽って、騎手になるために生まれてきたようなもんじゃないか」

「そっ、そんなことないですよ！　私、さ、才能なんて全然なくて……」

自己嫌悪に陥《おちい》りそうになったのを断ち切るためか、そこでナターシャは口ごもった。

むしろ俺にはうってつけの人材にしか見えないけどな。

ただ乗っているイッカクのサイズがサイズなので危なっかしく見えてしまい、ちょっとした衝撃で振り落とされそうでハラハラする。

「落馬とかってしたことないのか？　こいつ、めっちゃそういう事故起こしそうだけど」

「えと、ありません。確かにやんちゃな子ですけど……でも、振り落とされたこともないですし、そ、それに、バランスを崩しそうになった時はちゃんと止まってくれますっ」

「へえ」

こんなんでも、背中に乗せた女の無事だけは守るあたりは、イッカクのオスとしての誇り高さは欠いていないらしい。

だとしたら捨てたもんじゃないな。

「じゃあ大丈夫だな。よっしゃ、それじゃ、試してくれるか？」

ナターシャは「はいっ」と若干《じゃっかん》緊張した返事をして。

「……行くよ、ビッグブルー」

体を一度前に倒して相棒の耳にささやきかけてから、手綱を引いた。

刹那《せつな》。

俺は吹き飛ばされるかと思った。

騎手の合図と同時に、弾丸が撃ち出されたかのような勢いで一直線に駆け出したビッグブルーの風圧を、モロにくらってしまったがために。

「アホかっ、最高速で走れとは言ってねぇっての！　慣らしでいいんだよ！」

「すっ、すみません！　そのようにさせた、つもり、なんですけど……」

尻餅《しりもち》をついた俺のもとに、弾《はず》むような歩調で戻ってくるナターシャとビッグブルー。

近づいてきているのにもかかわらず段々声が小さくなっていくナターシャとは対照的に、マスクがついた状態の視野にも慣れたビッグブルーは、俺に歯を剝《む》いた憎たらしい面《つら》を見せつけてきた。

なんとなく予測はついちゃいたが、やっぱりこいつの判断かよ。

確実に俺を驚かせるつもりでやりやがったな。

これでもなお「乗り始めの頃はもっと大変でした」とナターシャは語るんだから、恐ろしい話である。

それにしても凄《すさ》まじい加速のつき方だった。この体重なので瞬発力の面では劣ると思っていたが、どうやらそういうわけでもないらしい。

「……ってことはお前、この前スタートで出遅れてたのはわざとかよ」

やる気を出せ、やる気を。

「け、けど、先生」

騎乗したままナターシャが挙手をする。

「こんなに、まっすぐ、速く、走ってくれたの……は、初めてかもしれません！　いつもはもっと、ふらふらって走ったり、するのに、全然そんなことありませんでしたっ」

興奮と感動が嬉々《きき》とした喋り方にも表れている。

うーむ、だったらマスクの効果は間違いなく出ていると考えていいか。

酒とギャンブル以外はロクに知識のない俺だが、こんなところで趣味で得た雑学が役に立つとは人生分からんもんだな。

「あ、あの……トラックを走ってみてもいいですか？」

「そうしてくれ。マスクはつけたままでだぞ。当然、明日のレースでもな」

「がんばりますっ」

ナターシャは先ほど体験した走りのキレ味に手ごたえを感じているようで、いささか自信も出てきていた。

……が、ビッグブルーも同じ心境かといえばそうでもなく。

レースの話題が出るやいなや、マスク越しにも分かるダルそうな表情を浮かべた。

まあ、そりゃそうだとしか言いようがないな。俺が改善したのはよそ見の癖だけで、こいつのメンタルの部分はまったく矯正していない。というか、人間にしたってそうだが、持って生まれた性格というのはいじりようがないわけで。

「頼むぜ、まったくよぉ」

俺はビッグブルーの、意外につぶらな黒い瞳を見ながら言う。

「いくら安く買ったからといって、短い間とはいえ競走馬のオーナーになったからには勝利を求めさせてもらうからな。生涯獲得賞金ゼロのままで終わらせねぇぞ」

かつて世紀末覇者《はしゃ》と呼ばれた名馬中の名馬は、平均的なサラブレッドよりも幾分安い値がつけられていたという。

その再来……とまでは望まないが、安かろう悪かろうで片付ける気はさらさらない。

よく考えてみたら、こいつを購入するために支払った二八〇万Gという額だって別に安くはない。というかむしろ、高い。めちゃくちゃ高い。要注意指定された魔物の懸賞金《けんしょうきん》だけで稼ご

うと思ったら数百体は倒す必要がある。金銭感覚が麻痺《まひ》しているせいで実感が薄くなっている
が、とんでもない浪費である。

「せめて何割かはキャッシュバックしてもらわないとな……」

期限は一カ月。この短い間にどれだけ稼いでくれるやら。

だが肝心のこいつはレースの勝敗に微塵《みじん》も興味がない。

というわけで俺は、簡単な意識改革だけをしてから、この厩舎を去ることに決める。

「いいか、その長い耳を立ててよーく聞け。勝とうが負けようが俺の勝手だろ、って思うのは自由だ。レースを強制されてるだけで、お前にとっちゃいい迷惑だろうからな。そこは俺も同情してやる」

でもな、と俺はビッグブルーの鼻先に指を突きつけ。

「お前にとってはどうでもよくとも、お前が背中に乗せてる奴は違うんだよ。勝たなきゃいけねぇ勝負の世界に生きてんだ。大体だ、引退間際《まぎわ》のお前なんかのために、昨日も今日もクソ真面目に調整に付き合ってくれるのなんか、こいつくらいなもんだぜ」

情の欠片《かけら》もないとは言わせない。

「お前もオスのイッカクの端《はし》くれなら、背中に乗せた女一人くらい、喜ばせてみろよ！」

あと、オーナーの俺の懐《ふところ》も潤《うるお》わせろ、という最優先の本心は、鞍の上でナターシャが感じ入った表情を見せているのが視界に引っかかったので空気的に言わないでおいた。

「お前が勝つために走らなくてもいい。お前に男としての甲斐性があるなら、諦《あきら》めずについてきてる相棒を勝たせるために走ってやってくれ」

ふざけていたビッグブルーの面構《つらがま》えが、少なからずマシになったように思える。

マシになってくれてないと困る。

表情が変わったといえば、さっきも気づいたがナターシャもか。

「そんなふうにこの子に言ってくれた人、飼育員さんにも、調教師さんにも、い、いませんでした。よく、分かりませんけど……なんだか、とっても、あったかいです」

少しだけ微笑を見せながらぽつりと漏《も》らす。

そりゃまあ、そうだろう。知識と経験に裏打ちされたプロがこんな浪花節《なにわぶし》じみたことを訴えるはずがないからな。

とにもかくにも、こいつには結果を出してもらわないとならない。

それに、これは俺のリベンジでもある。

確かにあのレースでビッグブルーが俺の期待を裏切ったのも事実。

だが俺は、一度はこいつを強者と睨《にら》んだ博徒《ばくと》としての自分の目を、節穴《ふしあな》のままで終わらせるのは絶対に御免だ。

レース場の門をくぐる俺と、ミミたち三人。

もう既《すで》に多くの観衆が詰め掛けてきており、農業都市フォルホンの住民のレースへの関心の高さが十二分にうかがえる。

「もう勝負の時間か……」

あっという間に今日という日がやってきてしまった。正直言って、寝られてない。

けどそれは不安ではなく、遠足前の小学生のようなワクワク感が原因である。

なにせ馬主としてレースを観戦できるだなんて、考えただけで夢見心地なんだから。

生憎《あいにく》ビッグブルーが出場するレースにはオーナーということで投票に参加できなかったのだが、そんなのは些細《ささい》な問題。

むしろメリットのほうが充実している。ひとつは櫓《やぐら》の上の関係者席への招待券をもらえること。そしてもうひとつは……。

「……先生？」

「よう」

騎手控え室に激励という名目で入れることだ。

自分とビッグブルーの出番を今か今かと、ぷるぷる肩を震わせながら待っていたナターシャに手招きをする俺。

それにしても部屋の中にいるのは十代二十代の女の子ばかりなので華やかだし、しかも皆かわいらしい。人気獲得を狙《ねら》って選考基準にルックスが含まれてるんじゃないかと勘ぐってしまう。あと、完全におっさんくさい発言だと認めた上であえて言うが、すげーいい匂《にお》いがする。

毎度思うが一体なんなんだこの男には出せない匂いの正体は。

まあ待て。落ち着こう諸君。疑う気持ちは分かるが、俺はなにもこういう形で役得に与《あずか》ろうと来たんじゃないからな。真っ当な用件があって訪ねたことを弁明しておくぞ。

もちろん、ただ「がんばれ！」「応援してるぞ！」みたいな体育会系じみたメッセージを授けるのが目的なはずもない。それは俺のキャラではないからな。

「作戦を考えてきた。でもビッグブルーの奴には詳しく教えるなよ。あいつのことだから、あまのじゃくになりやがるに違いないからな」

「わ、分かりました。秘密にしておきます」

「うむ。そんで、作戦の中身だが……まあぶっちゃけると、なんのことはねぇ。スタートから一気に飛ばしてくれってことだけだ」

「えっ？」

きょとんとするナターシャ。

「で、でも、ビッグブルーは瞬発力がありますしっ、差す展開のほうが……」

「周りのイッカクが目に入らないほうがいい。スタートと同時に先頭に飛び出たら、とにかく前だけ見て、ひたすら走り続けるようにコントロールしてくれるか？」

「……わっ、分かりました。そうですよね、今までどおりにやってたんじゃ、なにも変わらないんだ……や、やってみますっ！」

ナターシャはぐっと小さな握り拳《こぶし》に力をこめた。

なにも逆張りで偶然うまくいくのを予期して、というつもりではない。

勝算ありきの提案だ。

俺の見立てだと、ああいう唯我独尊《ゆいがどくそん》なタイプの奴には駆け引きやペース配分といった小難しいことを考えさせないほうがいい。

自分勝手に走るのが好きなら、そうさせりゃいいまでだ。

これはレースじゃない。一人用のゲームだ、ってな。

伝言を終えた俺は観客席へと戻る。

権利のある関係者席ではなく、群集でごったがえす立ち見席に。

というのも、一回お上品に座ってみたはいいものの、周りの人間が『ザ』のつくようないかにもな富裕層ばかりで、どうにも居心地が悪かった。

やはり俺はおっさんに囲まれていたほうが落ち着くらしい。

「もうすぐ出走ですにゃ！　ふにゃ〜、ドキドキが止まりませんにゃ」

ビッグブルーを含む二番レースのメンツが馬道を通って入場してきたのを眺めて、テンション上がりっぱなしのナツメの目の下にも、俺と同じくクマができている。二人してワクワクが納まらず眠れなかった証拠である。

その状態でも俺の今の表情は普段よりも引き締まっていると、鏡でチェックしたわけでもないのに確信が持てる。

馬主の立場で迎えるレースというのは、そのくらい刺激的なのだ。

ミミがそんな俺を、ぽけーっとした面持《おもも》ちで見つめているのに気がつく。

「なんか顔についてるか？　クマなら大したことないぜ」

「いえ、その」

少しだけ言いにくそうにしてから。

「この町に着いてから、シュウト様、精悍になられたなと思いまして。魔物を討伐《とうばつ》している時よりも格好よく見えて、ついお顔を眺めてしまいました」

頬をぽっと赤らめるミミ。

……が、それは果たして喜んでいいことなのやら。

ただ、仕事中よりも趣味に没頭している間のほうが活《い》き活きしているというのが、人間として本来あるべき姿ではないだろうか。俺はそう主張したい。

見た目の変化といえば、だ。

もっと分かりやすく変わった奴がいるじゃないか。

「なんだ、あの覆面？」

「勝てないからって個性作りか？　よく分からんな」

「なんでもいいからいい加減勝ってくれよー！　そろそろ『不憫《ふびん》カワイイ』ナターシャちゃんが報われてもいい頃だろ！」

何人かはビッグブルーがかぶっているマスクに疑問符を浮かべていたが、その理由と効果については見当がついていないようだ。

いいえ、ナターシャのファンのおっさんが紛《まぎ》れていたことは気づいてはいたのですが、発言の内容がよく分からなかったので、割愛《かつあい》させていただきます。

それはさておき、ゲート内側に八頭のイッカクが出揃う。

首をもたげるもの、それとは逆に叩頭《こうとう》するもの、いななくもの……個体によって様々であるが、ここから見える限りでは、ビッグブルーはそれらには意識が割かれていないようだった。

体の揺れも少なく、落ち着いている。

ロープが跳ね上がった。

青が映《は》えるイッカクのスタートに遅れはない。

……ちっとはやる気を出してくれてるみたいだな。

ナターシャは言われたことを守り、手間のかかる相棒を焚《た》きつけて、最初のコーナーを曲がる前からトップに躍《おど》り出る。

「へ～、あのイッカク、あんなに速く走れたんだな」

「だよな。珍しくヨレがねぇもん」

観客席の一カ所が小さくざわついた。ビッグブルーを知っている常連集団だろう。

「だけどありゃ飛ばしすぎだ。慣れないことして、すぐにバテちまうぜ」

その結末を危惧《きぐ》していないというと嘘になる。

妙策になるか、見切り発車に終わるかは、結局どこまで行ってもあいつ次第だ。

「頼むぜ……その図体はハリボテなんかじゃねぇんだろ？」

祈るように見つめる俺。

砂の馬場に向いたパワーとスタミナのあるイッカク。

それは立派にも程がある体つきを見ただけで即座に分かることだった。

だが……しかし……。

「おいおい……マジかよ……寝落ちして夢でも見ちまったのか、俺？」

これほどとは！

周囲の観客たちが信じられないとばかりに口をあんぐりと開けているのが分かった。そして
こいつらから見た俺も、同じように呆気《あっけ》に取られ、目を丸くしているのだろう。

バックストレートに入った時点でつけていた二馬身差は、抜ける頃には三倍の六馬身差となり。

最終コーナーに差しかかってもその速度と勢いに衰《おとろ》えはなく、それどころか、ますます加速しているようにさえ思えた。

「ええっ、もう帰ってきたのでありますか!?」

凱旋《がいせん》を迎え入れる心の準備が整っていなかったのか、感動よりも先に驚愕《きょうがく》がホクトの顔に表れていたのが横目に映る。

序盤《テン》、中盤《なか》、そして終盤《あがり》。

ほんの一度でも失速があっただろうか？

トップスピードを保ったままラストの長い直線へと突入するビッグブルー。

不要な視界を遮断《しゃだん》したマスクの導きによって、一ミリたりともブレることなく一直線に駆け抜ける青の巨体の雄姿《ゆうし》は、俺の瞼《まぶた》からしばらく焼きついて離れないに違いない。

だって、後ろからは誰も来ていない。

後ろからは誰も来ない。

後ろからは誰も来ない！

ぶっちぎりだ。それも頭に『超』の字が大量につくほどの。

ゴールした瞬間に舞った紙吹雪《かみふぶき》の規模は凄まじかった。

本命でもなんでもないイッカクが勝利したのだから当たり前だが、しかし、そんな光景さえ意識の外に追いやられてしまうほどに、レース場全体を包むざわめきの声は大きい。

最終的につけた差は、およそ十五馬身。

「す、すげぇ……とんでもないもんを見ちまった。歴史に残るレースだ！」

誰かが叫んだその台詞が、目の前で繰り広げられた圧完の走りの衝撃を余すことなく物語っている。観戦していた誰もが――騎乗していたナターシャでさえ――信じられないといった様子で戸惑う中、ただ一頭だけが、何事もなかったかのようにコース上を闊歩《かっぽ》し、平然とツノを高々と掲《かか》げて大あくびを漏らしていた。

ヒメリの活動日誌 ～フォルホン～

ありえません！

右に目を向ければ稲穂が揺れる田園風景が広がり、左に耳を傾ければモーモーと乳牛の鳴く声が聴こえてくるこの町には、なんと冒険者ギルドが存在していません。

近くに魔物が出現しないとは聞いていましたが、まさかギルドすらないとは。

つまり、討伐に出かけるどころか採取などの依頼も受けられないということです。

これは私にとって致命的といっていいでしょう。のどかで、牧歌的で、地上の楽園とも呼べる風土は、ですがリスクと対価を天秤にかける私たち冒険者からしてみれば、決して望ましくはないのですから。

いえ、ステーキのおいしさは認めましょう。

栄養満点の野菜が安価で購入できることもプラス材料ではあります。

この地で知り合った農家の方にお呼ばれしたバーベキューでも、それはそれは素晴らしい一時を過ごさせていただきました。

『大陸の台所』と誉れ高い農業の町なだけあって、フォルホンでの食事情に関してはなんの不満もないどころか、恥ずかしながら大満足というのが本音です。

とはいえまともにGを稼ぐ手立てがないというのは死活問題でしかありません。

すぐにでも次の町に移らなければ……とは思うのですが、肝心のシュウトさんが動こうとしてくれません。

というのも――予想通りではありましたが――シュウトさんはこの町が誇る娯楽であるイッカクレースにご執心の様子で、なんでも先日とある一頭のオーナーにまでなってしまったそうです。

確かにイッカクを手に入れることを提案したのは私ではありますけれど、まさか現役の競走用イッカクを買ってしまうとは。

……うーん、軽はずみな発言だったのかもしれません……。

Episode.3

俺、辛抱する

あの快勝劇から十日余りが過ぎた。

過ぎた、といってもこの間に空白があったわけもなく、ナターシャとビッグブルーのコンビは定期的にレースへと参加し続けているし、俺も一人の観衆として、時には厩舎《きゅうしゃ》に顔を出す口うるさいオーナーとして、その戦いぶりを欠かすことなく見守っていた。

大きく変わったことといえば、ファンたちのビッグブルーを見る目くらいなもんだ。

あの日見せた観客全員の度肝《どぎも》を抜くような独走。

手の平を返させるには十分すぎた。

あれがマグレなのか、奇跡なのか、それともようやく発揮された真価なのか俺自身も判断しかねる部分があったので多少不安は残っていたのだが……。

杞憂《きゆう》でしかなかった。華々しいほどの連勝街道なのだから。

出るレース出るレースでぶっちぎり、逃げ馬としての素質を大きく開花させていた。

そうなると、気になってくるのが賞金の話。

集まった賭け金にもよるが、おおよそ五〇万Gから、多くて一〇〇万G。二着だとその四分の一程度の金額がイッカクに支払われる。

もっとも馬主《ばぬし》と騎手と厩舎で三等分されるため、一着に入れたとしても俺の懐《ふところ》に入ってくるのはせいぜい二〇万とか三〇万くらい。

ってことで、魔物を狩っていたほうがずっと効率よく稼《かせ》げる。

しかし重ねて言うように、現在地であるフォルホン周辺には魔物が棲息《せいそく》していない。

近隣住人にとってはこの上なくありがたいことだろうが、俺やヒメリのように旅を続けながら路銀を稼ぐ冒険者たちにとっては死活問題である。

ゆえに俺はビッグブルーの働きに期待するしかない。

奴の引退日まで残り約二週間。果たしてどこまでペイできるやら。

……というのが、一応の収入源を確保している俺側の事情。

剣一本で生計を立てているヒメリは大変も大変で。

「ギルドのない町に一カ月も滞在するなんて、正気の沙汰《さた》じゃないです！」

一刻も早く冒険者稼業《かぎょう》を再開したいと主張するヒメリにはこんな具合に散々小言を言われていた。が、その間の諸経費を持つと説得すると、「悪くない」みたいな、なんならちょっと喜んでるんじゃねぇかっていうニヤつきの隠せていない表情をされた。

というのもこいつはフォルホン産の霜降《しもふ》り牛や柔らかいラム肉のステーキの虜《とりこ》になっており、なんだかんだで俺とは違う形でこの牧歌的な町を満喫してるってことだ。

それにビッグブルーの出ていないレースでは俺も存分に賭けを楽しむことができる。

予測がドンピシャにはまって勝つこともあれば、読みを外して負けることもある。どちらに転んでも刺激的だし、どのイッカクを買うべきか思考するのも、また面白い。

プラスになっているかは収支表をつけていないので正確には語れないのだが……。

あれだ、トータルでは勝ってる。

そういうことにしておこう。

とにかく、この町での生活はお世辞抜きに満ち足りているといえる。娯楽もあり、食事もうまく、そしてギルドがない都合で毎日が休みだ。

……といっても、いつまでもこの土地に滞在し続けるわけにもいかない。

ミミたちと暮らす理想の住居を手に入れるという最大の目的がある。

俺はビッグブルーの引退が待ち遠しいような、惜しいような、そんな葛藤《かっとう》と、外れ券の束を抱《かか》えてフォルホンでの日々を過ごしていた。


それでだ。

俺は今日もビッグブルーが飼育されている厩舎に赴《おもむ》いたのだが……。

ナターシャの姿はない。

いるのはケージに入れられ、眠たそうに瞼《まぶた》を弛緩《しかん》されたビッグブルーだけ。

まあ別に不測の事態というわけでもなく、理由は知っている。

連戦連勝を重ねたおかげで騎乗技術が買われたらしく、「ぜひうちのイッカクに」と他のオーナーから直々《じきじき》に指名を受け、昨日今日とそちらの厩舎に出向しているというのが、ナターシャ不在の理由だ。

それもそのイッカクだけではない。あと二頭ほど予約が入っている。

イッカクレースの騎手はイッカクが持つ性質上、恋をした瞬間に資格停止といういろんな意味でシビアな職業なので、現役引退も早く、騎手の人数はいくらいても足りないと、俺にビッグブルーの権利書を渡す際に厩舎長のジイさんは言っていた。

その分花形騎手が生まれると、そこにぐぐっと人気が集中するんだとか。

本当にアイドルみたいな商売だな。

まあ指名料ももらえることだし、ナターシャにとってもありがたい話だろう。

じゃあなんで俺がここに来ているのかというと、なんのことはなく、ビッグブルーの様子が気になったというだけである。

オーナーになってみて分かったが、ことあるごとに持ち馬の体調が知りたくなって仕方がなくなってくる。親心の芽生えとでも例えようか……。

幸いにも、調子を落としてはいないようだった。

でなければ俺の顔を見た瞬間、噛んでいた牧草を吐きつけてくるはずがない。

「相変わらずで安心したぜ、このヤロー。その調子だとまだまだ気力も体力も有り余ってんだろうな。いいことだから不問にしてやる」

俺は後ろの壁に命中した草と唾《つば》の塊《かたまり》をちらりとだけ見てから、歩み寄る。

ちょうど他のイッカクらと共に餌《えさ》を与えられているところだった。ネズミ獣人の双子がバケツを持って走り回り、空《から》になった餌入れにせっせと継ぎ足しをしている。

「イッカクって、普段なに食べてんの?」

なんとなく尋《たず》ねてみる。

どっちがコタローでどっちがコジローかまったく見分けがつかなかったので、二人称は曖昧《あいまい》にした。

「乾かした牧草です」

「これをちょっとずつ食べさせます」

「勝った子にはりんごとバナナをあげますよー」

「ごほうびなのです!」

だからビッグブルー用のバケツには果物が入れられているのか。

しっかしまあ、でかいバケツだな。

体がでかいと食う量もそれ相応なんだろうか。まともにレースに取り組んでない頃からこのバケツで飯食ってたとか、不遜《ふそん》ってレベルじゃねえな。

「ビッグブルーの餌やりは、いつもはナターシャさんがしてくれます」

「僕たちよりもがんばりやです」

「すぐ休むのはコジローだけ! 僕は真面目《まじめ》に働いてるよ!」

二人でわちゃわちゃし始めたので、ここらで俺はビッグブルーに向き直る。

追い払おうとはしてこない。仏頂面《ぶっちょうづら》だが、一応話に耳を貸すつもりはあるらしい。

「一昨日《おととい》のレースも一着だったよな。おめでとうだ。たまには素直に褒《ほ》めてやるよ」

ところで、と俺は続ける。

「ちょっと聞きたいことがあるんだが、お前自分の着順によって賞金が出たり出なかったりするのって、知ってたのか？」

ビッグブルーはわざとらしく右に顔をそむけた。

「まさかとは思うけど、賞金を稼ぐと現役続けさせられるから、適当に三位とか四位でお茶を濁《にご》してたとか、そういうんじゃないだろうな」

俺が目線を追いかけると、今度は左に。

「でもやっと引退も決まったことだし、最後くらいは言うこと聞いてやろう、ってか」

三連勝したあたりでこいつの出走記録を調べてみたのだが、俺がオーナーになる前の順位は、そのほとんどが計ったように三着から五着の範囲に収まっていて、勝てないイッカクという評判の割にはボロ負けしたレースは存在していなかった。

それで確信した。こいつはやはり、本来の力を隠し続けてたってことだ。

ジイさんはこいつはレースのことを理解していないと笑っていたが、とんでもない。その逆で理解度が高すぎるくらいである。賞金圏内に入らない程度に流していれば、さっさとレースの現場からオサラバできると、そう考えていたに違いあるまい。

賢い奴じゃないか。頭に『ズル』がつくタイプの、だが。

「別にそれを責めてるわけじゃねぇよ。俺はな、逆に喜ばしいくらいだ。俺の目利《めき》きは間違ってなかったたって証明されたようなもんなんだから」

これからも頼むぜ、と鼻筋のあたりを撫《な》でて話を締める。

ありえないくらい嫌がられた。

「……にしても、前日くらい顔見せてくれたっていいのにな」

後頭部をかきつつ独り言をこぼす俺。

俺が気にかけたのは、明日のレースに参加するビッグブルーの騎手だ。

だがそれはナターシャではない。前述したように、ナターシャはその日別のイッカクに騎乗することが決まっている。そこで俺も別の奴に代理騎乗を依頼したってわけだ。

仲介を請《う》け負《お》った厩舎長のジイさんも「勝負勘の優れた騎手」と太鼓判を押してくれたので、実力的には問題なし。

けどその子は初日に軽く試し乗りしただけで、以降は厩舎に任《まか》せきりにしている。

「お前だってもっと打ち合わせしておきたいだろ、なぁ?」

ビッグブルーに語りかけてみたが、知らん顔をされる。

……と。

「毎日のようにイッカクの世話をしに来る騎手なんて、あの子くらいだよ」

小屋の入り口あたりから、硝子《ガラス》を思わせるような透き通った声が聞こえてきた。

「それに人気のある騎手は忙しい。いくつものイッカクを担当していたりするからね」

声の主《ぬし》はオレンジがかったイッカクが休息しているケージのそばにまで歩を進める。

スーパーモデルかよってくらい、背筋の伸びた歩き方で。

えーと、確か……。

「ミント、だったっけ。イッカクレースの騎手の」

冷たい表情と、地味な色合いの勝負服とは対照的なエメラルドの髪色で分かった。

「知ってくれているのか？」

「そりゃあ、レース場に何度も通ってれば自然と覚えるってもんだよ」

おかげさまで他にも有名な騎手はあらかた覚えてしまった。頼んでもないのに客席のおっさんたちが推《お》しメンの魅力を説いてくるんだから、嫌でも脳裏に焼きつく。

「それにこの前厩舎でも見かけたしな」

「そうか、あの時来ていたあなたが、ビッグブルーの所有者になったのか」

納得したように頷《うなず》くミント。

言葉どころか目線も交わさなかった記憶があるが、厩舎内で手持ち無沙汰《ぶさた》にしていた俺の存在は、どうやら把握していたらしい。

「ということは、その子の健康状態を確認しに来たといったところかな」

「まあそんなところだ。もしかしてそっちもか？」

ミントは人懐《ひとなつ》っこく頬を寄せてくるイッカクとしきりにスキンシップを取っている。

ペアを組んでいる相手なのだろう。

「そういやこいつもレース場で見たことあるな……『フェアリーテイル』だったか」

「ああ。明日のために最終調整を行っておこうと思って、ね。それにしても騎手とイッカクの顔と名前が一致するとは。あなたは相当な通のようだ」

そうだ、と手を叩《たた》き。

「同じイッカク好きと見こんで腹を割ろう。せっかくだし、この子について語らせておくれ。まだ厩舎長からトラックの使用許可をもらえてないから、私も暇《ひま》なんだ」

孤高っぽい雰囲気の割に意外とフランクに話しかけてくるので、若干戸惑《じゃっかんとまど》う。

イメージと違ってサバサバした口調だし。

ただ暇という点では俺も一緒なので、立ち話に付き合うことにする。

しかしながら俺は雑念が多すぎる人間なので「オスのイッカクに乗れるってことはこんな美人の子でもバージンなのか」という、あまりにも品のない思考を頭から追い出すのが、まずは先だった。

「この子を任されてから、もう一年近くか。調教も引き継いだからすっかり仲良くなってしまったよ。だけどまあ、フェアリーテイルは乗るのが私じゃなくても、きっとうまくやれただろうな。この子はとても親しみやすいイッカクだから」

　そう語るミントに首を撫でられただけで、件《くだん》のイッカクが幼児が甘えるような仕草と顔つきをしたのを見ると、その話にも頷ける。

　ビッグブルーの奴もこのくらいのかわいげがあってもいいものを。

「他にどんな特徴があるんだ？　俺も目とレース結果で得た知識くらいしかなくてさぁ」

「そうだな、まずは脚質《きゃくしつ》から説明しようか。この子は天性のスプリンターで、直線勝負を得意としている。だから概《おおむ》ね先行して走らせるな。ただ差し馬としての適性がゼロなわけじゃない。他のイッカクの性質次第では追う展開にする場合もあるし、それに……」

　語りだしたら止まらなかった。

　イッカクについて話す時のミントは冷ややかな表情がいくらか溶け、浮かれているようにすら俺の瞳には映った。よっぽど好きなのだろう。

　話は親の世代にまで波及する。

「昔『スワロウテイル』という稀代《きたい》の逃げ馬がいてね、この子は彼の血を引いている。自慢のスピードは父親から受け継いだものさ」

　競馬の世界では血統はなによりも重視される。だからこそ種付けの権利が高値で取引されるのだし、名馬の子がまた名馬、というケースも少なくない。

　それは一種の生まれ付いての才能のようなものである。

天才はいる、悔しいが、ってやつだ。

「じゃあ強いイッカクなんだな」

何気なくそう呟《つぶや》くと、麗《うるわ》しの騎手は「簡単には言えない」と生真面目《きまじめ》な面《つら》で答えて、フェアリーテイルの茜《あかね》色の毛を慈《いつく》しむように繕《つくろ》う。

「この子は強いイッカクというよりは、速いイッカクだ。駆け引きが苦手でね。もし競技の形式がタイムアタックなら常勝だろうけど、そうもいかない。その弱点を補ってあげるのが騎手ってことさ。腕の見せ所だよ」

「なるほどねぇ」

ミントは高い技量を持っている、というジイさんの話を思い出す。

実際出走表に目を通すとよく見かける名前だったし、それに俺がこの二週間観戦した限りでは、安定した成績を残しているのは間違いない。というかこいつが出ていた一昨日《おととい》の三番レースは俺も悩んだ挙句騎手買いをして小金を稼がせていただいた。

「じゃあ言い換える。あんたが強い騎手ってことか」

「ふふ、面白いことを言うね」

滅多《めった》に笑わないとイッカクレースファンの間で評判のミントが、微笑をこぼした。

ゾクっときた。とんでもない破壊力だ。ミミに匹敵する。

ファン連中がこのレアパターンの表情を拝《おが》みたくて足しげくレース場に通っているのかと思

うと、泣けてくると同時に、優越感に浸《ひた》らされる。

「別に私は強い騎手なんかじゃないよ。ほら、私は背が高いだろう？　本当は騎手になんて向いちゃいないんだ」

それでもイッカクが好きだから、騎手の夢を諦《あきら》められなかった、とミントは語る。

身体的に不利な分、人並み以上に苦労しただろう。

自分の努力で運命を捻《ね》じ曲げ、騎手を天職に仕立てあげたってことか。

好きこそ物の上手なれ、とは言うが、立派な話である。これで調教師の仕事にも励んでいるというんだからパーフェクト超人じゃないか。美人は性格が悪い、というありがちなデマを一番最初に流した奴をぶっ飛ばしてやりたい気分だ。

「そんなことより」

ミントは強引に自分の身の上からイッカクへと話を戻す。

「強いイッカクといえば、そっちじゃないか」

「俺？」

「あなたの所有しているビッグブルー。彼はまさに強いイッカクだ。絶対的に強いイッカクとして生まれてきている。パワーのある個体だとは皆認めてはいたけど、あれほどのスピードまで秘めていただなんて、驚異的でしかない」

「でも性格はカスだぜ。だからずっと負けっぱなしだったんだし」

「才能が爆発するきっかけは、いつどこにあるのか分からないものだよ。ある日を境に一皮剝《む》けて強くなったイッカクはこれまでにもたくさんいたんだから」

だからこそ、引退が悔やまれるよ、とミントは寂《さび》しげな視線を送る。

そうは言ってもだ。今更現役続行を決めたところでこいつのモチベーションが持つはずもないから、以前のように適当にチンタラ走るようになるだけだろう。

「心配なのはナターシャの今後もだね」

「確かにな。親身になって世話焼いてたらしいから、喪失感やばそうだ」

「あの子は私なんかよりずっと才能のある乗り手だ。ビッグブルーと離れた後も、いいパートナーに巡り合えるといいのだけど」

その言葉に、俺は少々引っかかりを覚える。

ナターシャ自身は自分のことを「才能がない」と卑下《ひげ》していたはず。

改めて考えてみればビッグブルーのような問題児を押しつけられるくらいなんだから、さほど将来を望まれていた騎手ということもなかったんじゃなかろうか。

それでもミントは「才能がある」と評価をした。

どころか、看板騎手であるはずの自分よりも、とまで。

俺にはその評価基準が分かりそうになかったのだが、きっと同業者にしか見抜けないものがあるのだろう、うん。

「随分《ずいぶん》と買ってくれてるんだな。っていうか、結構親交があったりするのか？」

「ここで何度も顔を合わせていたんだから、そりゃあ、ね」

ビッグブルーにつきっきりのナターシャに、調教師兼任でもあるミント。

そりゃ確かにこの厩舎で会話を交わす機会も多いわな。

「今度彼女が乗る『シャドウダンサー』という灰毛のイッカクは、一番人気の常連だ。無難に乗りこなせれば結果は自然とついてくるはず。気負わずにやってほしいよ」

ミントは騎手仲間に陰ながら声援を送ったが、一方の俺の頭の中はというと、「そいつは有益な情報だ」とそのイッカクを軸《じく》にした買い方の計算が始まっていた。


けれどその見立ては、いささか楽観的だったかもしれない。

多くの期待を背負って出場した翌日のレースで、ナターシャは二着にすら入れず。

そしてその結果に引きずられた……というわけでもないのだろうが、別の少女を乗せたビッグブルーもまた、久しぶりの敗戦を喫してしまった。

それぞれのレースで一着になったのは、ハイエンドマターとフェアリーテイル。

いずれもミントの騎乗するイッカクだった。


明くる日休養中のビッグブルーの厩舎を訪ねた俺は、そこで見知った顔と出会う。

「あっ……先生」

ナターシャだ。ケージの前で所在なさげに、もじもじと手をこすり合わせている。

「お、おはようございます。えと、その……あっ、み、ミントさん、凄《すご》かったですねっ！　昨日だけで、二勝しましたし……」

なぜか自分とは関係のない話題から話し始める。

ということはつまり、触れられたくない話題があるってことか。

「なんでここにいるんだ？　二日後のレースも別のイッカクに乗るんだろ？」

「え、ええと……その……取り消しに、なっちゃいました」

小さな体を更に縮ませて、今にも泣き出しそうな顔と震え声で言う。

俺は「そうか」としか返せなかった。

「しっ、仕方ないです、よ、ね……全然、ダメでしたもん……」

勝負の世界には付き物のシビアな話だが、乗っているイッカクが強いだけ、という不名誉な烙印《らくいん》が押されたってことだろう。

しかしそれはビッグブルーにも言える。

スタートからして雑だったし、本来後続を引き離すチャンスの直線でもフラフラ蛇行《だこう》しまくるしで、騎手の指示をまったく聞いていないようにしか見えなかった。

どんなに最強の馬がいたとしても、扱える人間がいなければ意味がない。

「そしてそれこそがお前なんだぞ。お前は誰よりも凄《すご》い奴なんだ、そう自信を持て」

怯《おび》えた目を覗《のぞ》きこんで、俺はそう断言してやった。

「で、でも……」

「なんだよ、まだ依頼を取り消されたことを気にしてるのか？　別にどうでもいいだろ。反省は反省として、次勝てばいいんだからな」

というか、次こそ勝ってもらわないと困る。

俺のイッカクに騎乗するわけだし。

「だから負けたことを悔やんでる暇があったら、次負けないように気持ちを入れ替えとけ。分かったらダメとか暗くなるようなことを言うな。今後はそれを禁句にしろ」

立ち直りかけてきた意志が揺るがないよう、あえて強めに告げた。

俺がここまで真剣になるのには理由がある。

ビッグブルーが気を許しているのは、常日頃構い続けていたナターシャだけ。

つまり俺の持ち馬を勝たせてくれるのは、こいつしかいないのだ。

だからこそなにがなんでも自信を回復してもらわないとならない。こいつのために言ってやってるのではなく、俺のためである。

そんな完全に汚い大人の事情が俺の内側ではうごめいているのだが、真意を知らないナターシャは、なにやらいたく感銘を受けたような様子である。

「あ、ありがとう、ございます。私、あんまり、そんなふうに言ってもらえたこと、なかったから……先生の、お、おかげで、元気が出たような気がしますっ」

……。

なんだこの罪悪感は。

確かに形式上は励ましの言葉ではあったけども。

「自信……大切ですよね。知らない子に乗ると、ど、どうしていいのか、自信が持てなくて……」

正直に告白するナターシャ。

身体能力の高さは折り紙つきだし、手綱《たづな》さばきも悪くない。

それでも勝てなかったのは、ナターシャが口にしたとおり、よく知らないイッカクだからだろう。こいつに必要なのは自信の根拠だ。親密になっていないパートナーとだと、それが得られなかったに違いない。

「……け、けど、次のレースは、ビッグブルーと一緒に、胸を張って、走りますっ！」

不安そうに重ね合わされていたナターシャの手が、きゅっと固く握られた。

長い付き合いを経《へ》てからじゃないと力を引き出せない騎手か。

そう考えると、真に大器晩成なのは、ただ単に手を抜いていただけのビッグブルーではなく、こっちのほうなのかもしれないな。

ナターシャとビッグブルーのペアが復活した途端、それまでの微妙な鬱《うつ》展開はなんだったのかってくらい、止まっていた歯車は再び快調に回り始めた。

まずは復帰初戦のレースで十二馬身差の圧勝。

インターバルなしで行われた翌日のレースでも、休養十分のイッカクたちを大きく引き離しての一着フィニッシュ。

快進撃は留《とど》まることを知らず、実績実力共に申し分のないイッカクが集まった週末のレースでも、抜群の伸びを見せて勝利の栄冠を手にした。

もう見かけ倒しの勝てないイッカクとは言わせない。

いつの間にやらビッグブルーは、誰もが認める砂の王者へと転身を遂《と》げていた。

「覆面ひとつでこうも変わるとは、分からんもんですなぁ」

とは、他ならぬ飼育員であるジイさんの談。

しかしそれはレース場で観客の視点から見た時の話であって。

厩舎で眺めることのできるビッグブルーの普段の姿は、俺が初めて出会った頃となにも変わっていない。傍若無人《ぼうじゃくぶじん》で、ワガママで、サボり癖《ぐせ》のある、クソ野郎である。

風格に肩書きが追いついてきた分、余計にタチが悪くなったかもな。

戦績については俺も手放しで認めるしかないんだから。

けれどそれだけに、引退が正式に発表された時の驚かれようは半端《はんぱ》ではなかった。

絶頂期にレース場を去るのだからその反応も当然ではある。

あらかじめ決まっていたことだから、とイッカクレース協会のお偉いさん方は声明を出していたが、新規についたばかりのファンがそれで納得するはずもなく。

協会本部や厩舎、その職員それぞれの自宅、そしてどうやって調べ上げたのか知らないが、オーナーである俺が宿泊している宿にまで嘆願書《たんがんしょ》が届いていた。

それも、大量に。

「『やめないでください。応援してます』、『もっとビッグブルーの走りが見たいです』、『伝説の続きを見せてくれ』……いやはや、皆様なんとも熱烈でありますな」

ベッドに寝転がり手紙をまったく読もうともしない俺をよそに、ホクトは一通一通律儀《りちぎ》に目を通している。ただ読むだけじゃなく、読み終えたら丁寧《ていねい》に折りたたんで、さも重要な書類かのごとく整理しているのが、こいつらしいというかなんというか。

嘆願書に視線を落としているのはミミもだった。ナツメは字面《じづら》を追ってこそいないが、ミミに読み聞かせてもらっている。

「でもでも、気持ちは分かりますにゃ。あの他を寄せつけない勝ちっぷりは惚《ほ》れ惚《ぼ》れとしますからにゃあ。それにご主人様にとってももったいなくないですかにゃ？」

確かに俺にとってあいつは金の生る木である。

といってもそれは副産物みたいなもんで、本来俺があいつに任せたいのは、今後の旅を快適にするための荷車の引き手役だ。

いつまでもこの町に留まり続けるわけじゃないし、予定に変更はない。

思わぬかたちで臨時収入を得られている厩舎長のジイさんも、本質的にレースが好きじゃないビッグブルーに現役を無理強《じ》いするよりはいいと納得してくれている。

となると懸念《けねん》は。

「……『ビッグブルーなき後のナターシャちゃんが心配です』、か」

なにげなく手に取った書面を読み上げる俺。

一度最強イッカクを経験したナターシャが他のイッカクで満足できるかどうか心配、というファン心理なのだろうが、厩舎での働きぶりを知っている俺からすれば、親友を失ってぽっかり心に穴が開いてしまわないか、という意味にしか取れない。

まあ、それに関しては俺がどうこう意見を出せることじゃないな。別れの辛《つら》さを克服できるかはあいつ自身の問題だし、「最後にでかい餞別《せんべつ》を置いていってやるか」とビッグブルーが男気を見せてくれることを期待するしかない。

そう。後悔を残さないためにも、まずは勝つことが大事だ。

もちろん、俺の経済的にも。

「どうせなら、派手に有終の美を飾ってくれよな。お前に関《かか》わる全員のためによ」

既《すで》に出来上がっている当日の出走表に目をやる俺。

ご丁寧にもレース主催者が気を利《き》かせたのか、一枠からずらりとスターイッカクにアイドル騎手の名前が並んでいる。

その中にはミントの名前も見られた。

騎乗するイッカクは――ハイエンドマター。


「ハイエンドマターは高次元でバランスの取れたイッカクだ」

いよいよ差し迫ってきた引退レースの、その前日。

俺はどうしてもビッグブルーの体調の最終確認がしたくなって厩舎を訪れた。

厩舎ではネズミ獣人の双子が相も変わらずイッカクの世話に資材の持ち運びにと慌《あわ》ただしく駆け回っていたのだが、その怱忙《そうぼう》の中にミントの姿を見ることができた。

ナターシャは現在、ビッグブルーを連れて簡易トラックを何周か歩いている。

何度も通り慣れたであろう道を。

で、俺はといえば厩舎に残ってミントと雑談……と称した情報収集を行っていた。

無論、ライバルとなるイッカクの。

「聞き分けもよく、騎手の指示に沿ってあらゆるレース展開に対応できる。万能型と呼べるかな。自分が担当するイッカクに序列をつけるのは嫌いだけど、勝った回数でいえば、一番多いのがこのイッカクだね」

言いながらミントは、体毛に比べてやや濃い緋《ひ》色のたてがみにブラシを当てる。

ナターシャが乗っていなかったとはいえ、ビッグブルーは一度このイッカクの後塵《こうじん》を拝している。他者への興味があるかどうかも分からないあいつ自身がどう思っているかは知れないが、少なくとも俺個人としては、連敗してもらいたくはない。

「……引退レースだという事情はもちろん分かっているけど、私だって依頼主からこのイッカクを任されている以上、負けるわけにはいかないよ」

俺はその宣戦布告を、むしろ喜ばしく思う。

真剣勝負だからこそアドレナリンが湧いてくる。俺がこの異世界の地のイッカクレースに心《しん》酔《すい》しているのは、それがガチンコのギャンブルだからだ。

所詮《しょせん》は娯楽なのにマジになりすぎだろ、という意見を、俺は否定させてもらう。

好きでやってるはずの趣味にすら真摯《しんし》に向き合えない奴が、一体何に対して真摯になれるっていうんだ。

俺がビッグブルーと対面できたのは、結局日が暮れてからになってしまった。

明日が最後のレースになるということもあり、厩舎を見学しに来たファンの客足がとんでもない事態になっていたためである。

「この一カ月でこれだけ人気になるだなんて、お前、予想できたか？」

ケージの中に巨体を押しこまれたビッグブルーに語りかける。

ぴくりとも反応しない。早く寝させろ、とでも言いたげに、いつものドでかいあくびを見せつけてきただけだ。

「最後の最後までつれねぇ奴だな。緊張がないみたいで、むしろ安心するぜ」

こいつにとってはついて回る人気なんてものは、煩《わずら》わしい蠅《はえ》とそう変わりないのだろう。

そうはいっても、人間の立場からしたら盛り上がるのは当然の成り行きなわけで。

帝王の引退に名イッカクのオールスターレースということも重なって、事前投票だけでもかなりの券が売れており、賞金額は三〇〇万を超すのではないか、と噂《うわさ》されていた。

最後にして最大のチャンスだ。これに勝つことができれば、投資した金額が丸々返ってくるどころか、おつりまでついてくることになる。

資金を得られない土地で、まさかまさかのプラス収支。

ここから得られた教訓は、金は持っている奴のところに集まる、というあまりにも無情な世間の仕組みだった。

社会はどこであっても世知辛《せちがら》い。

「……っと、いけねぇ。ミミたちを待たせすぎたな。じゃあな、ビッグブルー。ゆっくり休んで明日はお前のレースにしてくれよ」

青の悪童は器用にも屁《へ》で返事をしてきた。

シカトが大半のこいつにしては、まずまず上出来な挨拶《あいさつ》だったな。

途中で晩飯のパンでも買って帰るか……そんなことを考え始めた矢先。

俺は厩舎の外で、そわそわとした表情のナターシャを見かけた。

見かけた、というといかにも偶然みたいだが、俺の側から表すとそうなるだけで、当の背丈《せたけ》の小さな少女はといえば最初から俺のほうを向いていた。

俺が出てくるのを待っていたかのように。

「せ、先生っ。少しだけお時間よろしいですか？」

「別にいいけど。どうかしたか？　ははあ、あれか、明日のことを考えて不安になってきたんだろ。そんな気張ることはねぇよ。いつもどおりにやってくれ」

そのほうがビッグブルーも……と続けようとしたところで、ナターシャに遮《さえぎ》られる。

「明日はっ、い、忙しくなりそうですから、えと、今のうちに、お礼の言葉を、先生に伝えておきたいな、って……」

「へ？　俺に？」

予想外な申し出だった。

動揺があるのか「はひっ」と噛みそうになりつつもナターシャは続ける。

「だって先生は、私とビッグブルーに、あの、いっぱい、指導してくれたじゃないですか。マスクのことも、そうですし、レースの前には、勇気づけてくれましたし……そっ、それに、落ちこんでる時は、励ましてもくれました」

うーむ、言われてみればそんなことをした気もする。

「あの時は、凄く、う、嬉しかったです。私、ビッグブルーの前にも、何頭かのイッカクに乗って、きましたけど……勝てなくて、すぐクビになっちゃって……」

それで、元々気弱だったこともあり、自分に自信が持てなくなってしまったらしい。

「……で、でもっ、先生の激励のおかげで、まだほんの少し、だけですけど……自信を持ってレースに臨《のぞ》めるように、なれました」

大きな転機になったとナターシャは、ナターシャなりに力強い語調で語る。

しかしこの子はひとつ勘違いをしている。それらの行動はいわゆる『情けは人のためならず』ってやつで、やがて俺の利益に繋がるからであって……。

「ですから……ほ、本当に、今までありがとうございましたっ！」

……まあ勘違いとはいえ、かわいい女の子に感謝されるのは悪い気はしない。

真意はどうあれ、本人が心のよりどころにしてくれているのであれば、俺がわざわざぶち壊しにするようなことを言う必要はないだろう。

頭を下げてくれている子に対してそんな野暮《やぼ》な真似をするのは、愚かってもんだ。

が。

先に言っておく。ここで終わったら美談だったのに、と。

「本当は、言葉だけじゃなくて、他の、ええと、なにか他の形でも、お礼をしたかったんですけど……先生はオーナーさんですから、お金持ちでしょうし……」

まだ続きがあったようで、ナターシャの独白は終わっていなかった。

そして、弱々しい声をきゅっと振り絞る。

「だから、あの、先生のために、なんでもしたいと思います！」

……。

ええい、消えろっ、俺の低俗な感情！

必死に理性と格闘する俺。

まあ待て。まだそういう意味と決まったわけでは……。

「……その、先生がおっしゃられるなら、わ、私っ、なんでもしますから」

完璧にそういう意味だった。

一体どうしたんだ最近の俺は。リステリアからずっとフラグが立ちっぱなしじゃないか。人生のピークが今になってきているのか？　いや一回死んでるからある意味永遠に下り坂なのだが。なんだこのくだらない自問自答。どんだけうろたえてるんだよ。

「い、いつでも、覚悟は、できていますっ！」

そんな俺の狼狽《ろうばい》も知らずに劣情をアグレッシブに駆り立ててくるナターシャ。

「いやいや待て！　さすがにそれはまずい！　お前が騎手でいられなくなる！」

俺は踏みとどまるよう説得する。

もっともこれも例に漏《も》れず情けはうんたらかんたらで、本心の中で揺れている天秤《てんびん》はどちらかというと「いただきます」の側に傾いている。

だが今ここで俺が欲望に任せて手を出してしまうと、大事な大一番のレースに出走できなくなってしまう！

今まで積み上げてきたものが台無しだ。

出走取りやめになったら違約金まで支払わされるんだぞ。しかもビッグブルーのために用意されたものだからレースそのものが中止になる可能性が高い。

賞金だけでも三〇〇〇万とかいう話なので、賭け金の予定総額はそれ以上。

それを俺は補填《ほてん》する責務を負わされる。

つまりペイどころか、赤字フィニッシュ。

「大体イッカクに乗るための条件は知ってるだろ？　忘れたわけじゃないよな？　純潔の乙女しかその背中には乗れないっていう……」

「し、知ってます！」

ナターシャは珍しく怒ったような表情をしてから。

「せ、先生は私が、急に男の子になったように、見えるんですか？」

「……は？」

「だ、だって、乙女って……」

「いやそっちじゃない。この場合重要になってくるのは『純潔』の部分だ」

俺は極めて冷静にツッコミを入れた。

「そっ、それこそ急になんてできませんよ！　そりゃあ私も、一応、お、女の子に生まれましたからっ、いつかお嫁さんに、なりたいなとは、思いますけど……」

「お嫁さん？」

ここで俺は、ピンときた。

「まさかだが……純潔か否《いな》かって、結婚してるかしてないかだと思ってるのか？」

「ふぇ？　違うんですか？」

きょとんとする少女。

微塵《みじん》も大人をからかっていなさそうな、純粋極まりない眼差《まなざ》しで。

俺は、この件に関して頭を抱えるべきなのかでまずは頭を抱えた。

まさか純潔という言葉の指す意味すら知らないほどピュアだったとは。

だがしかし、これは大人も悪い。綺麗な言葉で言い換えるのがよくない。時にはいたいけな少女にストレートな物言いをするのも世間に取り残されないためには大事である。

とはいえ、今がそのタイミングなのか。

こんなコウノトリを信じてそうな純朴な娘さんに、いきなり生々しい具体的な話をしようものなら、ショックで明日の結果に響きかねない。

その前に、自《みずか》らを俺に捧《ささ》げたがってるのを止めなくては。

止めなくては……と論理的に分かってはいるものの、据《す》え膳《ぜん》を食えないというのはこんなにも心苦しいものなのか。

自分を大事にしろ、と年長者らしくビシッと言うのが、一番スマートに思える。

しかしながら女の子の勇気を、それも臆病なナターシャがようやく出した精一杯の気持ちをあっさりと踏みにじるのも男として情けない。

じゃあレースが終わった後ならとでも言うのか。それはそれで最低すぎるだろ。

だからといって、そもそも全部お前の勘違いに過ぎない、と一から十までバラすのはもってのほかだ。そっちのほうがショックだろうし、かわいそうで俺も言い出しづらい。

悩みに悩み抜いて、俺が出した結論は。

「話の続きはいつでもできる。まずは明日のレースに集中しようじゃないか」

人間という生き物は追い詰められた時、問題を先延ばしにするという傾向にあるらしい。

Episode.4

俺、成長する

神様の奴が気を利《き》かせたのか、はたまた自分も賭け事に興じたいだけなのか、引退レース当日の天候は『ビッグブルー』の名にふさわしい青々とした晴天だった。

雨の日のレースは荒れるので、晴れているに越したことはない。

なんといっても心地がいいじゃないか。

広漠とした農業の町フォルホンには、晴れ空と太陽がよく似合う。

町中心部に鎮座《ちんざ》する娯楽の殿堂ことイッカクレース場は、開場して間もないというのに早くも観衆で溢《あふ》れ返っている。

その多くが目的を同じとしている。もちろん、俺もそのうちの一人。

見たいレースはただひとつ。

最終六番レースが、ビッグブルーのラストランになる。

「信じられない数ですね。それほどまでに人を惹《ひ》きつけるなにかがあるのでしょうか」

俺の隣で、三六〇度に好奇の目を向けている奴がいる。

初めてレース場を訪れたヒメリである。

「あんまりキョロキョロすんなよ。田舎者みたいで恥ずかしい」

「私が田舎者扱いされたところで、同郷のシュウトさんに余波が及ぶだけなので」

自爆テロもいいとこだ。

これまでヒメリはレース場に来ることもなく、なんなら入り浸《びた》っている俺を軽んじているようですらあったが、町全体が沸《わ》いているとあって一度くらいは足を運んでおこうという考えに至ったらしい。

とはいえ胃と脳の間に速度無制限の連絡橋が開通しているこいつが興味を持っているのは、どちらかというとイッカクよりもレース場グルメらしく、その証拠に二番レースが始まったところだというのにピース販売のピザを頰張ることに傾注している。

具は三種類のチーズだけで、蜂蜜をかけて食べるというシンプルな一品。

出店のメニューにしてはなかなかクオリティが高い。

「チーズの旨味《うまみ》だけで料理として成立しています。この町の酪農《らくのう》のレベルの高さが身に沁《し》みて分かりますね」

と、聞いてもないのに食レポをしてきた。心の底から幸せそうな表情で。

ミントがフェアリーテイルに騎乗する昼下がりの四番レースの途中で、俺は人で溢れた立ち見席から一旦《いったん》離脱を試みる。

「どちらに行かれるのですか？」

「ちょっと、控え室にな」

とだけミミに告げておき、ごった煮状態になっている会場内を逆走。

裏口から騎手控え室に進入する。

進入である。決して侵入ではない。年頃の女の子しかいないので、いちいちノックしてから入るくらいの進入っぷりだったことを、ここに明記しておく。

さて。

ナターシャに用事、というか軽く話をしておきたかったのだが……。

「き、来てくれたのは、嬉しいですけど……ごめんなさいっ、今、凄《すご》く、慌《あわ》ただしくてっ」

なにやら随分《ずいぶん》時間に追われているようだった。それもそのはずで、勝負服への着替えがまだ半分くらいしか済んでいない。

半分ってことは完全に覗《のぞ》きになってるじゃん、と俺をブタ箱にぶちこみたい勢力がにわかに色めきたちそうだが、ブーツなどの小物類の装着が手間なのでそう表しただけで、衣類にはもう袖《そで》を通しており、下着は上下共に目視していない。だからその点に関しては安心してほしいし、人によっては、残念がってもらいたい。

そんなことより、この時間帯になっても準備ができていないというのも珍しい。

寝坊でもしたのか？　いやいや、この子に限ってそんな。

とにかく、邪魔はすべきじゃないな。

騎手の務めとしてビッグブルーの待つパドックに向かわないとならないらしいので、俺は道を空《あ》け、早く行くようナターシャに促《うなが》す。

ただ出ていく間際《まぎわ》に思い出したかのように立ち止まり、くるっとこちらへ向き直る。

「大事な話がありますから、また後で、今度は私から会いに行きますね」

そう言い残すとナターシャは、コタローたちに綱を引く代役を任《まか》せているというパドックへと急いで行った。

これほど忙しくしていても、昨夜《ゆうべ》交わした会話は、まだ生きているらしい。


群集を掻き分けて、ミミたちのもとへ戻ろうとしていると、受付窓口横の掲示板に四番レースの結果が張り出される瞬間に出くわした。

「おっ、フェアリーテイルが一着か」

「こりゃ勢いがあるな。最終出走のミントが乗るイッカクも買っとくか」

結果に喜ぶ者、怒る者、悲しむ者もいれば、次に賭ける参考にする者もいる。

ミントが勝ったことを上り調子と見るか、はたまた運を使い果たしたと見るか。

どっちにせよ、大して関係はない。

ビッグブルーが勝負するのはいつだって自分自身だけである。


太陽が赤く染まる、その少し前。

六番レースの投票が締め切られ、配当が確定する。

名うての実力者が揃《そろ》っているだけあり、票の入り方はかなりまばらで、この数字だけ見ればかなりの混戦が予想される。

だがそれは、あくまでも二枠に入った一頭を除いての話。

言うまでもなくビッグブルーのことである。

ダントツの人気だった。単賞で一・四倍だなんて、そう滅多《めった》につくオッズじゃない。

ただ人気はあくまで目安に過ぎず、勝率に結びつくかといえば別問題。

それに本命が必ず勝つレースなんてつまらなすぎるだろう。

ギャンブルがそんな単純な娯楽だったら、誰も魅了《みりょう》なんてされたりしない。

「必ず勝つほうがいいじゃないですか。予想も立てやすいですし、喜ぶ人数も最大値となりますし、いいことずくめのように思えますが」

「アホか。全員同じ奴にかけたらオッズは一倍だろうが。誰が得するんだよ」

俺の至極《しごく》当たり前な指摘にヒメリは顔を赤くした。さすがのこいつも反論できないことを察したらしい。

ところで現在のヒメリの右手には、石釜《いしがま》で焼いた串焼きチキンが握られている。

なお、食い終わった串も片方の手に握り締められているのだが、本数が多すぎて易者《えきしゃ》みたいなことになっていた。

俺の手には、なにも握られていない。

神頼みはなしだ。

出走予定時刻に達した途端に、ざわついていた観衆がしんと静まり返る。

スタートの瞬間に注目しているのだろう。

事実、バリヤー式ゲートのロープが跳ね上がるのを契機に、それぞれが思い思いの願いをこめて、全力で声援を送り始めた。

とんでもない声の共鳴だ。鼓膜がイカれてしまいかねない。特に耳のいいナツメはくらくらとしていたし、レース場の雰囲気に慣れていないヒメリは、卒倒《そっとう》寸前だった。

その状況下でも、俺はレースから目を離さない。


三枠から飛び出たイッカクがいい出足を切ったのを確認する。

暗く黄色い毛を持つダスクランナー……俺も何度か賭けたことのあるイッカクだ。それに続くように一枠内側からシャドウダンサー、そのやや後方からレオパルドが大きな歩幅で細かい集団に割って入る。

注目の一頭である六枠ハイエンドマターは最後尾につけている。終盤で差して勝とうというミントの指示が行き届いているに違いない。

美しい純白のイッカクであるセイルオブセシレナが同じく後ろで脚を溜《た》めている。

対抗馬と目されていたブラックバロンは少し立ち上がりで足を取られ、本来のレース展開にできていないか。代わりに大外八枠のネシェスグラディエが持ち前の闘争心を剝《む》き出しにして力強い走りを見せている。

バックストレートに入っても、特にこの中の誰が優勢というのは判別不可能。

いつどこで誰の仕掛けがあってもおかしくない、強いイッカクが揃っているからこその拮抗《きっこう》状態だ。


けれどそういったハイレベルで熾烈《しれつ》な争いは。

本当の本当に、ほとんどの観客の目に映っていなかった。

晴れ渡る蒼穹《そうきゅう》の下、その遥《はる》か先を青白い重戦車が猛進しているというのに、一体誰がそんな小競《こぜ》り合《あ》いを気にするっていうんだ？


多くの観客がそうであるように、視野の制限されたビッグブルーの双眸《そうぼう》にもまた、後続の集団は開始から今に至るまで一秒も映りこむことはなかった。

スタートの時点で頭ひとつ抜け出すと、以降は独走。

全員の視線を釘付けにする一人舞台の始まりだ。

「うおおおおおっ！　いいぞ、いいぞ、いいぞ！」

「お前こそが王者だ！　お前を信じて本当によかった！」

「凄《すご》すぎる……なんでもっと早くあの走りができなかったんだ!?」

「これで見納めだなんて信じたくねぇよ、ビッグブルー！」

得意のバックストレートを信じられないような速度で駆け抜けている間中、観衆の昂《たか》ぶりきった声は鳴《や》り止まないどころか、限界を超えて熱と激しさを増していきさえした。

いつもそうだが、あいつは別にレースをしているわけじゃない。

差し合いやペース配分もクソもなく、ただ一人戦友と認めた少女をその背に乗せて、自分の見ている光景を見せつけてやるかのように、ひたすら勝手気ままに走っている。

ただそれが凄《すさ》まじく速いという、たったそれだけの話。

実力者がどれだけ揃っていても。

会場全体に自《みずか》らの引退というセンチメンタルな空気が流れている中でも。

気にせずぶっ飛ばして、ぶっちぎった。

他のイッカクが最終第四コーナーに入るより先に、それを豪快に曲がり切ったビッグブルーは、最終的に十馬身以上の差をつけて、『圧勝』の二文字を手中に収めた。

ウィニングランなんてものは、もちろんしない。ナターシャが小さな体で首にぎゅっと抱きついてきても特にこれといったリアクションはない。

勝ちに喜ぶのはお前らだけでいい。そんな不遜《ふそん》な振る舞いだった。

俺にはもう、言葉が出てこない。見出《みいだ》した素質がこれほどだったなんて。

「……やっぱすげぇよ。バケモンだ、あいつ」

利己主義者のビッグブルーが俺のために走ってくれたとは、露《つゆ》とも思わない。

それでもあいつがもたらした結果には、我がことのように喜びを覚えてしまう。

所有するイッカクが勝利する瞬間を間近で見届けるのは、何度体感しても、オーナー冥利《みょうり》につきるってもんだ。

賞金云々《うんぬん》の現実的な話は、今この瞬間だけは忘れていられる。

だから、俺がビッグブルーにかけた二八〇万の初期投資が色つきで返ってきたことに気づくのは、だいぶ後になってからだった。


去り行くチャンピオンに浴びせられる割れんばかりの歓声が、レース場の外にいる俺の耳にまで届いてきている。

その中にはきっと、すすり泣く声も交じってたりするのだろう。

最後の一花だけが異様に大きく、そして色鮮やかに咲いた、線香花火にも似たビッグブルーの競技生活は、これで幕を閉じたのだ。

今あいつは厩舎長《きゅうしゃちょう》のジイさんに先導されて、トラックをぐるぐると周回しながら、会場に残った観客たちに最後の晴れ姿を披露《ひろう》しているところである。

ビッグブルーの身になって考えてみると、やりたくない仕事だろうな。しまった、今日ばっかりは負けたほうが得だった、なんて後悔している可能性すらある。

まあしかしだ、こんなふうにすらすらと淀《よど》みなく考えられるとは、俺もあいつというイッカクがだいぶ理解できてきたのかもしれないな。

で、一応関係者であるはずの俺がなんで早々と外に出ているのかというと。

慕《した》ってくれている奴との約束を忘れるほど人間腐っちゃいないからに決まってる。

「先生！　おっ、お待たせしました！」

「おう、お疲れさん」

息を切らして走ってきたナターシャの呼吸が整うまで、俺が率先して喋《しゃべ》りかける。

「ついに終わっちまったんだなぁ。ビッグブルーの奴、最後までマイペースだったな。あんなに強いイッカクが雁首《がんくび》並べてたってのに、全然気にせず突っ走るんだから」

「先生がくれた、えと、あれです、あのマスクのおかげです。あれがあったから、今日も、集中して走ることができて……」

「どうだか。多分、お前を勝たせてやるかって想いもあったはずだぜ。あいつだってなんだかんだで、ちょっと、本当にちょびっとだけだけど、紳士な部分もあるからな」

俺は右手の親指と人差し指をくっつくスレスレまで寄せてみせる。

ナターシャはそれを見て少し微笑んだが、その次に浮かべた表情は、仕方のないことだが寂《せき》寞《ばく》で埋め尽くされていた。

「……もう、本当にビッグブルーは、走らないんです、ね」

俺は言っても付き合いでいうと一カ月程度。

ナターシャが苦楽を共にしてきた期間とは比べ物にならない。

「私、全然勝てなくて、下手《へた》くそで、いっぱい怒られて……騎手の道を諦《あきら》めようかなって、そんなふうに思ったこともありました。けど、ビッグブルーと出会えて、本当に、本当にいろんなことを教えてもらったんです」

背中に乗るまでに要した苦労、少しでも懐《なつ》いてもらえるよう重ねた努力、言うことを聞かないイッカクをトラックに沿って走らせるための、基礎からの技術の見直し。

それらすべてを経験させてくれたことに、ナターシャは感謝の念を述べた。

涙声ではあったが、それでもはっきりと聞き取れた。

ファンからも見捨てられ、調教師もお手上げだったイッカクの騎手を務めるようお鉢《はち》が回ってきたのは、半ば厄介者《やっかいもの》を押しつけられたのではないかと俺は推察する。

それでも、ミントや厩舎の従業員が語るように——そして俺がこの一カ月の間直接目にしてきたように、こいつはつきっきりでパートナーの世話を焼いていた。

だからこそビッグブルーのような歩く問題の塊《かたまり》みたいな輩《やから》でも、安心して自分の背中を預けられたのだろう。

俺はようやく、その愚直とも呼ぶべきイッカクへのひたむきさこそが、ナターシャの持つ才能なのだと知らされた。

レース場にいたおっさんたちの言葉を借りるなら、意思の疎通《そつう》が図れるイッカクと人馬一体で走るためには、なによりも信頼関係の構築が第一。

時間こそかかるだろうが、その能力にナターシャは長《た》けている。

すぐに見限った連中では気づけない、れっきとした才能だ。

「最後には、たくさんの素敵な思い出までくれました。先生も、ですけど、私、ビッグブルーにも、感謝してもしきれないくらい、ありがとうの想いでいっぱいです」

「まあ一カ月とはいえ、あんだけ勝たせてくれたからな」

だから、もう思い残すことはない。

自分も後を追って引退します。

そんな続きの台詞《せりふ》が今にも聞こえてきそうな感極まり方だった。

「……それで、大事な話、についてですけど……」

そんなナターシャの心情を慮《おもんぱか》る間もなく、引退後なら手を出しても許されるのか、いやそんな短絡的な……という葛藤《かっとう》に俺は襲われていのだが、ついに話題がそのことにスライドする。

いよいよ腹をくくる時が来たか。

唾《つば》を飲み、聞き入れる態勢を整える俺。

「実は私、今朝、次に乗せてもらうイッカクが決まったんです！」

ナターシャは告白した瞬間に、押さえきれない喜びを顔全体に滲《にじ》ませた。

……ん？　なんか予測と違ってるぞ？

動じるな俺。空耳かもしれない。慌てない慌てない。まだ慌てる段階じゃない。

「えと、まだ、デビューする前の一歳の子なんですけどね。『ビッグブルーの次はうちのイッカクを任せたい』って、言ってもらえて」

うむ。それはありがたい話だな。うむ。

「今度は厩舎長さんが間に入って、あの、長期契約に、してもらいました」

だったら良好なパートナーシップが築けそうだな。

……いやいや、じゃなくて。

「大事な話って、それだけか？」

俺はてっきり、今日に持ち越された昨日の宿題のことだとばかり思っていた。

向こうも思い出したらしく「あっ」とドギマギして口を覆《おお》う。

「えっ、あっ、す、すみませんっ、昨日の話の続きも、ですよね。私の気持ちは、変わっていません。先生、なんでも、してほしいことを言ってくださいっ」

キラキラとした藍《あい》色の瞳が俺を見つめる。

俺は――。

「そんなものいらねぇよ」

そう、感情を可能な限り押し殺して口にした。

口にするしかなかった。

こんなにも輝かしい希望に満ち溢れている若者の未来を、奪えるわけがないだろ！

こいつの放つ光で照らし出された俺の心の、なんとまあ汚いこと。

直視するには耐えられなかった。

認めよう。俺は、この少女の穢《けが》れなき純潔の前に、白旗を上げることを。

「花形騎手になってくれりゃ、それで十分だ。俺がお前にやってほしいことは、クサい台詞で恥ずかしいが、この先の努力ってこった」

俺は笑顔でエールを贈り。

そして心で泣いた。

フォルホンを去る際の名残惜《なごりお》しさは、下手したら今までで一番かもしれない。

なにせ、ここには俺が渇望《かつぼう》し続けた娯楽施設がある。

蒸留酒《じょうりゅうしゅ》が名物のリステリアにつけた『八十点』を越える『八十五点』の暫定《ざんてい》最高得点をつけたあたりからも、俺の気に入り具合はうかがい知れることだろう。

それでも俺は旅を続けなければならない。

レースにかける熱量が引くと、毎日が抜け殻《がら》のように過ぎていき。

出発の日は、あっという間に訪れた。

ビッグブルーの引き渡しは即日というわけもなく、諸々《もろもろ》の手続きを経《へ》て、引退レースから四日後に完了したのだが、それが町を発《た》つ合図となった。

ダメイッカクの風評を劇的に変えたマスクは脱がされている。狭いレース場の輪の中で走ることのなくなったこいつには、もう必要のないものだ。

「だからって完全に自由になったわけじゃねぇからな。今日からは俺のために働いてもらうぜ、砂の王者様」

俺は新人、もとい新イッカクの耳元で発破《はっぱ》をかけるついでに上下関係をはっきりさせようとするも、無視して道草を食《は》み始めやがった……。

もっともこいつは買い値以上に稼いでくれたので、あまり悪く言うのはやめておく。

この町の土産《みやげ》であるシルクの服も余った金で購入したものだし。

運搬《うんぱん》機材も豪奢《ごうしゃ》に二七万四〇〇〇Gもする巨大な荷馬車に新調し……はしたのだが、ずっと使っていた木製の荷車を廃棄《はいき》せず、そちらにもいくらか荷物を積むことにした。

「自分にも役目を担《にな》わせてください。荷車を引くというのは、自分がこれまで欠かさなかった鍛錬でもありましたから」

という、ホクトのたっての願いがあったからである。

「余裕がありますから、馬車の荷台にシュウト様が乗ってみてはいかがですか？」

ミミの提案は正しい。

しかし実際に俺が荷馬車に乗りこむと、ビッグブルーは「てめえが乗りやがるなら俺はここをテコでも動かんぞ」とばかりに強情な姿勢を取ってきたので、やはりこいつの扱いは一筋縄ではいかない。

どうしても荷台で休みたくなったら、ホクトに頼むとしよう。

「おかしいですね、イッカクは忠義を尽くす生物だと聞いていたのですが……」

ビッグブルーがどんな奴かをよく知らないヒメリからしてみれば、意思の疎通がとれてるんだかとれてないんだかよく分からないこの有様は不可思議でしょうがないらしい。

「……って、私には妙に懐いてきますね。ええと、撫《な》でてやればいいんでしょうか」

俺やミミには素《そ》っ気《け》ないくせに自分には大きな体をすりよせてくるので、ヒメリはビッグブルーを前にして困惑《こんわく》の色を浮かべる。

「よしよし……こんな感じですかね」

慣れないなりに手を動かすヒメリ。

その光景を見て、ふと底意地の悪い冗談が思い浮かぶ。

「お前だったら乗せてもらえるかもしれねぇな」

「……どういうことでしょうか?」

なんとなく自分が弄《いじ》られていることは察しているのか、怪訝《けげん》そうな顔で覗き返してくるヒメリに、俺は言ってやった。

「イッカクってのはな、ピュアな女子が好きなんだよ」

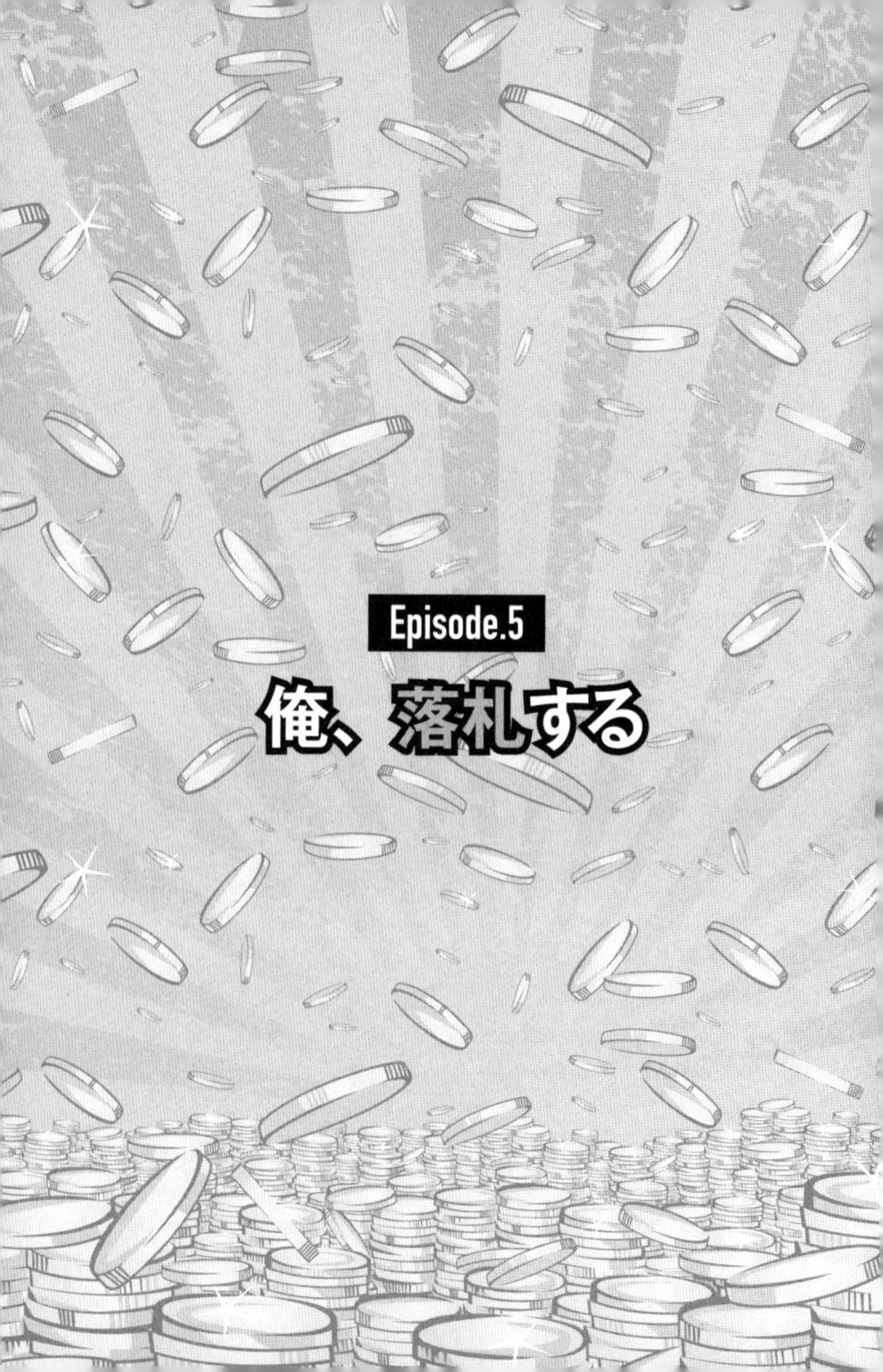

Episode.5

俺、落札する

結構な道のりだった。

フォルホンを午前中に出発してから、四度もの野営を経た後の二十一時頃に到着したので、所要時間としては大体五日弱か。

野を越え山を越え……といったこともなく、平坦な道だったのは幸いである。

ただ難儀したのは荷馬車を引くビッグブルーの扱いだ。俺の言うことはろくすっぽ聞きやしないから、隙《すき》さえあればすぐに休もうとするし、そのくせ買い溜めておいた飼料《しりょう》はあっという間に平らげてしまったので、三日目以降はそのへんの雑草で腹ごしらえをさせるしかなかった。

「……本当にこいつ、馬より飼いやすいのか？」

見知らぬ草の味がよほどお気に召さないのか、自業自得《じごうじとく》であることを棚に上げて恨《うら》みのこもった眼差《まなざ》しを投げてくる、桁外《けたはず》れな膂力《りょりょく》以外なにもいいところのないイッカクを眺めながらふとした疑問と戦う俺。

「にゃんにゃ、それは間違いありませんにゃ。優しくしてあげればちゃんと言うことも聞きますし、いい子ですにゃ。ねっ？　ビッグブルー！」

そんな俺と新入りの間を、ナツメが爽《さわ》やかな笑みを見せて取り持つ。

男の俺では埒《らち》が明かないので世話と指示はナツメに任《まか》せていた。そのためかこの数日ですっかりビッグブルーと仲がよくなったらしく、ナターシャまでとは言えないが、ある程度は手懐《てなず》けている。

もっとも世渡りに長《た》けたこいつの場合、誰とでもすぐ打ち解けてしまうのだが。

「ツノを撫《な》でられるのがお気に入りみたいですにゃ。ご主人様もどうですかにゃ？」

「いや、遠慮しとく」

絶対弾《はじ》き飛ばされるし。

まあ、道中についてはこんなもんでいいとしてだ。

到着した先について話しておくとしよう。

俺たちが着いた時にはとっくに連日無休のブラック社員こと太陽が空から退勤済みだっていうのに、町全体がぼんやりと明るいままだった。『明るい』というのは視覚的な意味だけじゃなく、行き交う人間の活気も含めてである。街路に、看板に、店先に、あらゆる箇所に燈《ひ》が灯《とも》っていて、人も町もまったく眠りそうな気配がない。

暖色の灯《あか》りに照らし出された町の建造物はどれもこれも近代的で、かつ芸術的。景観だけでいえば今まで訪れた町の中でぶっちぎりで美しい。

なのにどこかしら仄暗《ほのぐら》さが漂っている。妖《あや》しげな雰囲気とでも言おうか。

目指していた町、オートベルグ。

これまでになく強烈に『夜』の匂《にお》いが漂う町並みだ。

町を歩いている住民のタイプは、大きく二種類に分けられる。

見るからに高級そうな服とアクセサリーをまとって上流階級であることをアピールしている連中か、もしくはギラついた目を輝かせるゴロツキじみた風体《ふうてい》の奴らかだ。

これほどまでに貧富の差がくっきりしているのも珍しい。

前者の中には獣人奴隷を従者としている者もしばしば見られた。自分だけでなく見目のいい獣人にも着飾らせているから、歩いているだけで華やかである。

「ようやく、ようやく私にとっての日常に戻れるのですね」

とあるレンガ造りの建物に掲《かか》げられた『冒険者ギルド』の文字を見て、同伴していたヒメリは胸を撫で下ろしたように言う。

「この一カ月間まったく冒険者らしいことをしていませんでしたから、剣の腕が鈍《なま》っていないか心配です」

「確かに、運動不足でちょっと二の腕周りがぷにっとしてるな」

「そういう意味ではありません！　私だってだらしなく食っちゃ寝していたわけではありませんよ。素振りを始めとした基礎トレーニングは一日たりとも忘れず行っていました。ですが鍛《たん》錬《れん》は欠かさなかったとはいえ、実戦からは遠ざかっていましたからね」

「勘ってことか」

「そういうことです」

「なら俺は安心だ。勝負勘だけは研ぎ澄ませていたからな」

割と本気でそう言ったのだが、ヒメリには呆《あき》れられた。

まあ俺としてはこいつにどう思われようが知ったことじゃないので、無視して情報収集もかねてギルドに顔を出しに行く。

荷物とビッグブルーはそれぞれホクトとナツメに預けておき、ミミだけを連れて。

「ようこそギルドへ」

戸をくぐるなり、白髪《しらが》頭のギルドマスターの挨拶《あいさつ》が飛んできた。

目から頬にかけて大きな傷のある、いかにも昔無茶してましたって感じの風貌だ。

「見ない顔だな。よそから渡ってきたのか？」

「ああ」

通行証を提示する。

「Cランクか。だとしたら東部にある大森林で活動するといいだろう。あそこには多くの獣型《けものがた》の魔物が棲息《せいそく》していて、絶好の狩猟場だ。素材の宝庫だぞ」

「へえ。そんなにアツいスポットなのか」

「採《と》れた素材は依頼を通して納品するか、直接裁縫工房や服飾店で売却すればいい。なにせ奴らがドロップする素材ってのは、大半が毛皮だからな。家畜から安定供給されるわけじゃないから、ファッション業界の連中がこぞって欲しがる代物《しろもの》だ」

おっさんは素材が持つ商業的価値について力説するが、そんなものに頼らなくても俺は魔物を倒した時点でそれ以上の金貨を手にすることができる。

探索《たんさく》について聞いておきたいことは、このくらいか。

ってことで、オートベルグという町自体について探りを入れてみる。

「にしてもこの町は繁盛《はんじょう》してるな。町並みも綺麗だし、いちいち高そうなオブジェが置かれてるし……貴族が住むような町なのか？」

「そんないいもんじゃないぜ。確かにオートベルグには数多くの金持ちが暮らしている。だが金持ちといっても、成金が集まる場所だからな」

その説明には皮肉めいたニュアンスが含まれているように感じられる。

言われてみれば、町中を歩いていた奴らは品のいい格好をしてはいたが、いざ所作《しょさ》にまで目を向けてみると、貴族という言葉からイメージする振る舞い――育ちのよさ、とでも言うべきか、そういったものはあまり感じられなかった。

俺自身の育ちが劣悪なので、よく分かる。

おっさんは「俺たちみたいな地元民を除けばだが」と前置きしてから続ける。

「一代で財を築いた商人か、はたまた隠居を決めて流れついた冒険者か……どっちにせよ成功者が軒並み顔を連ねてるのは間違いないがよ」

「ふうん。でも理由が分からないな。そんなに特色のある町なのか？」

「期待させて悪いが名物の類《たぐい》はこれといってない。服飾関係の店と競売場は評判を呼んでいるが、こんなのは成金どもの資産の使い道として建てられただけで、順番が逆」

おっさんは町全体の地図を広げ、二本の通りを示しながら言う。

「ただ立地がいいんだ。血沸《ちわ》き肉躍《おど》るイッカクレースで有名なフォルホンと、美しい海浜と島々が自慢のリゾート地ハーミーンに挟まれた町だから、少し足を伸ばすだけで娯楽には事欠かないからな」

なるほど、レース場で見かけた資産家っぽい奴らはこの町の人間ってことか。

何人かは馬主《ばぬし》もやっていそうだな。

「要するに、甘い蜜に吸い寄せられた、ってわけだ」

おっさんの口ぶりはいちいちトゲがある。

もしかしたら、冒険者とその手の成金たちの間は折り合いが悪いのかもしれない。

そんなことを思慮《しりょ》していると。

「お取り込み中恐縮ですが、よろしいでしょうか？」

いつの間にか俺の隣に並んできていたヒメリが会話に割って入る。

「今のうちに依頼を受注させてもらえないでしょうか。明朝出発いたしますので」

「おっ、仕事の相談か。そいつはありがたい。いくつか出ているから条件に沿うものがあればどれでも受けていってくれ」

普通の冒険者らしい話が始まってしまったので、俺はミミと共に離脱。

ロビーから進んで奥のラウンジを見て回ることにする。

ヒメリを置いて外で待っているホクトたちと合流したんでもいいが、もう少しこの町について知っておきたい。となると他の冒険者連中から聞くしかないだろう。

「よう、そこの坊主。見たことねぇが新顔か？」

おあつらえ向きに、ソファに寝転がっていた奴から声をかけられた。

俺と一回りは違うだろうか。しかし声音《こわね》は若々しく、エネルギーに満ちている。

「なかなかいい女を連れてるじゃないか。受付でギルドマスターと話しこんでる奴もお前のツレなんだろ？　ガキのくせに隅に置けねぇな」

「片っぽは連れてるんじゃなくて勝手についてきてるだけだけどな」

「一緒じゃねぇか！　まったく贅沢《ぜいたく》なこと言いやがって。まあいい。そんないい女が酷《ひど》い目に遭《あ》わねぇか心配だから忠告してやるが、夜は出歩かないほうがいいぜ」

「はあ？　なんでだよ、せっかく楽しそうな町なのに」

「ここは治安がよくない。金持ちが集まるってことは、その金をうまいこと掠《かす》め取ろうと考える連中も大挙してくるんだからな」

「ってことは、窃盗《せっとう》が多いのか？　そりゃ物騒だ」

「そんだけならまだいいぜ。自警団が朝から晩までフル稼働《かどう》してるから、不逞《ふてい》を働いた輩《やから》はあっさり捕まえられる。始末に負えないのは詐欺師《さぎし》だ」

「うわ、そんなもんまで横行してるのかよ」

どこの世界でも、金を持ってる奴はその手の犯罪者に狙《ねら》われるんだな……。

「こっちは証拠を押さえるのが大変だからな、でかい被害が出る割には、牢屋《ろうや》にブチこむのに苦労してるようだぜ」

男は「ま、俺みてぇな貧乏人には関係ないがね」と犯罪率の高さを笑い飛ばした。

「さっきは酷い目に遭わないか、なんて脅《おど》しっぽく言ったが、この町の自警団は優秀だからそうそう事件には巻き込まれねぇよ。そこは安心してくれ。ただなぁ、物事には絶対ってもんはありゃしないから、外出はなるべく昼間にしておきな」

その話を聞き、俺とミミは顔を見合わせる。

「だってさ。どうする？」

「ミミはシュウト様にお任せいたします」

そう答えるだろうとは思っていた。

「ですが、ひとつだけお伝えしたいと思います。ミミは不安ではありません。シュウト様はいつもミミのことを守ってくださいますし……それに」

ミミは古木の杖《つえ》を両手で握り締め。

「シュウト様もミミがお守りしますから」

聖母のような微笑を見せた。

俺はその瞬間に、夜の町の誘惑を断ち切ることを決める。

そして改めて実感させられた。

どの町に行ったところで、こいつ以上のものはない。


が、昼ならセーフってことで。

適当に見繕《みつくろ》った宿で一晩明かすと、町に流れる空気はすっかり様変わりしていた。

人工的でない天然の照明に照らし出されていると、建造物が本来持っていた高い芸術性がよりはっきりと見えてきて、健康的ですらある。

まるでオシャレな絵画の中にいるような……そんな感覚だ。

大通りには多くの商店が立ち並び、愛想笑いを振りまく商人たちが鎬《しのぎ》を削《けず》っている。

町の土地柄《がら》を反映してか、通りに面した店舗のラインナップは服飾店、宝飾店、雑貨屋など、生活必需品というよりはどちらかといえば贅沢品《ぜいたくひん》に偏《かたよ》っているように思えた。

そこに溢《あふ》れ返った買い物客の波たるや。

出発前にヒメリから「大陸きっての繁華街」と簡単に説明されていたが、その評判が嘘でないことが分かるな。

もっとも全体的に物価はかなり高い。昨日の男が「俺は貧乏人」と自嘲《じちょう》していたが、ここで冒険者稼業をやっていくというのは大変なんだろうな、本来なら。

騒がしい通りを抜けると広場がある。こちらもまた盛況《せいきょう》だ。

なにが盛況って、広場を一望できるオープンカフェがあるからに他ならない。『各種茶葉取り揃《そろ》えております』と堂々看板に書かれている。俺はこういった意識高い系の店とは無縁な人生を送ってきたので、どうにもこうにも近寄りがたい。

「けど、おいしそうですよ。風に乗ってこちらにも香りが届いています」

ぽわぽわとした表情で鼻を小さく動かすミミ。

ナツメも指を咥《くわ》えて、リッチなティータイムを過ごす老夫婦の姿をホクトと一緒になって眺めているし、興味津々《しんしん》の様子。

確かに女の子が好きそうな店であることは認めよう。だが俺は紅茶の上品な匂《にお》いなんかよりもドギツいニンニクの匂いに惹《ひ》かれるし、もっと言えば脳を溶かすような酒精《しゅせい》が鼻を抜けていった時のほうが遥《はる》かにテンションが上がる。

とはいえ他に休めるような場所もないし、女子一同の期待に応《こた》えるとするか。

空《あ》いていた席に座り、店員を呼ぶ。

丁寧《ていねい》な物腰でメニュー表を呈示されたが、さっぱり意味が分からなかったので「一番人気のやつで」という身も蓋《ふた》もない注文の仕方をしてしまったのは内緒だ。

「な、悩むでありますな。産地だけでもこれほどの種類があるとは……」

「直感で選びますにゃ！　……にゃ？　飲み方にもいろいろあるみたいですにゃ」

「わあ、目移りしてしまいますね。ミミの記憶では、紅茶はストレートで飲むのが最も風味が分かりやすいと、以前王立図書館で読んだ書物にそうあったはずです」

「ふっ、型破りなミャーはそんな常識には流されないのですにゃ。ミルクマシマシでお願いしますにゃ」

三人は楽しげに紅茶談義に花を咲かせている。好きなものを頼んでいいとは言ったが、うーむ、やはり女の子はこういう小洒落《こじゃれ》た店が好きなのか。

で、待つ。

居心地が悪い。通行人にめちゃくちゃ見られてるし。

「お待たせいたしました。当店一番人気のベルニベイ原産の茶葉で淹《い》れたホットミルクティーでございます」

巻き貝みたいな髪形をした女店員が運んできたカップに、とりあえず口をつけてみる。

……まあうまいよ。うまいと思う。紅茶の蘊蓄《うんちく》とかまったく知らないけど味がいいことに異論はない。しかしこの一杯に一四〇Gの価値があるかどうかは、甚《はなは》だ疑問である。

「ベルニベイは大陸の反対側にある、茶の産地として著名な町で、そこから若い茶葉を仕入れています。なぜかと申しますと船でこちらまで運ばれてくる際に自然発酵《はっこう》が起きて……」

「ふむふむ、なるほどな」

店員がすらすらと語る豆知識はてんで理解できない。

「だからこんなにも薫《かお》り高いのか」

が、ここで一言も返せないのはダサいので知ったかぶっておいた。

隣の席で孫娘と紅茶を楽しんでいるカイゼル髭《ひげ》の老紳士が「ほう、やりますな」みたいな目で見てきたので、そんなに間違ったことは口走っていなかったらしい。

「ところで、主殿《あるじどの》」

「ん?」

特にゆっくり味わうでもなく紅茶を飲み干した俺に、ホクトが聞いてくる。

「いい武具を売っている店は見つかりませんでしたな」

「そうなんだよなー。探索前に装備を見直すつもりだったけど、その必要はなさそうだ」

俺が新しい町に着いてから真っ先にやることといえば、ギルドへの顔出しと数週間滞在する宿の選定、それから販売されている武器と防具のレベルの確認、そしてなんといってもうまいパン屋のチェックである。

ギルドと宿の用事は昨晩のうちに済ませたし、味にうるさいであろう金持ち連中相手に商売しているパン職人の店がまずかろうはずもないのでそこの心配はいらないのだが、装備品に関しては若干《じゃっかん》期待外れだった。

大通りにあった武器屋の品揃えは中の上ってところで、もちろんレアメタル製の剣や槍《やり》なんて代物は置かれていない。防具屋に関しても同様。

手持ちの戦力でやりくりするしかないか。

「来た道と反対側にも大きな路地があります。もしかしたら、そちらにシュウト様を満足させてくれるお店があるかもしれません」

「んー……じゃあちょっと覗《のぞ》いてみるか」

ということで、観光再開。

ただ結論から言うとその路地は、冒険者お断りの暖簾《のれん》がかかっているようなものだった。センスがいいんだか悪いんだか分からない服を着た、見た目に分かりやすい成金たちが行き交っており、その割には商店の数も少ない。

ではなにがあるのかといえば、巨大な施設の数々である。いや、施設、と呼ぶと語弊《ごへい》があるかもしれない。『会館』と言い換えよう。

「これ、全部パーティー会場みたいなもんなのか？」

都市伝説だとばかり思っていたが、富裕層の社交場、というのは実在するらしい。

だからこんなにも多くの男女が着飾って練り歩いているのか。

その中にあって俺たちの格好は一際《ひときわ》カジュアルだから、まあ目立つ。しかも嫌な目立ち方で、
クスクスと笑い声も聴こえてきた。

うわ、庶民《しょみん》が紛《まぎ》れこんでるよ、ってことですか。

だとしたら見る目がない。生憎《あいにく》だが、こちとらそれなりに稼いでますんで。

と、そんなふうに密《ひそ》やかに反駁《はんばく》していると。

「おい、そこのあんた」

不意に呼び止められた。

多くの人が出入りする館の前に立っていたその男は、パリッとした燕尾服《えんびふく》に身を包んではいるが、それ以外の外見的特徴はチンピラそのものだった。

目つきは悪いし、黄金色の髪も長さがまばらでボッサボサだ。軽く背筋を曲げて、ズボンのポケットに手を突っこんだ立ち姿も、これまた柄が悪い。

ただ俺はこの路地に踏み入ってから、お高く止まった顔つきばかり眺めていたので、こういうタイプの奴に出会えると妙に落ち着く。

落ち着くが、しかし、胡散臭《うさんくさ》いことに変わりはない。

「珍しい宝石を持ってんな。かなり儲《もう》かってると見させてもらったぜ。どうだい、ちょっくらうちに寄っていかないか？」

その上やけに馴《な》れ馴《な》れしい。なんだこいつは、キャッチか？

「悪いけど、俺はそういうの断ってるんで」

「違う違う。怪《あや》しい店なんかじゃねぇよ。うちがやってるのは健全も健全な競売だ」

「……競売？」

「そう。オークション会場だ」

男はニヤリと、片方の唇だけを歪《いびつ》に吊り上げて笑った。

そういえばギルドマスターのおっさんもそんな施設があると話していたな。金持ち御用達《ごようたし》だとかいう。

「説明が遅れたな。俺はここの支配人をやっているアランだ。もうすぐ今日の競《せ》りが始まるから客を呼び集めてるんだよ」

「支配人？　そのナリで？」

俺はその肩書きを露骨《ろこつ》に疑う。そりゃそうだろう、俺と同年代にしか見えないし。

「支配人といっても雇われだがな。オーナーの野郎がちっとも働きゃしねぇから、この俺が代わりに運営してやってるってワケ」

柄も悪いが口も悪い。

とはいえ俺の胸で緑色に輝いている『治癒《ちゆ》のアレキサンドライト』の希少性を一発で見抜いたあたり、眼力は確からしい。それになぜかは知らないが、荒っぽい言葉の端々《はしばし》からは、どこか知性めいたものも感じる。おそらく、俺が次に口にしそうなことを先読みして円滑に会話を運んでいるからだろう。不思議な男である。

「要するに俺が言いたいのは、よかったら参加していかないか、ってことだ」

赤く濁った瞳で、品定めでもするかのような眼差《まなざ》しをして俺を見てくる。

こいつは間違いなく金を持っている、という一目見ての推論を確かめるように。

「競売、ねぇ」

まあいいか。暇《ひま》だし。

「冷やかしでもいいなら見ていってやるよ。ちょっと面白そうだしな」

それに、もしかしたら掘り出し物の装備品があるかもしれない。


シャンデリアの吊られた会場の中に入ると、既《すで》に多くの来客が詰めかけていた。

各所で交わされている談笑に耳を傾けてみると、このサテンのドレスはあの店で買っただの、先日の商談で大損させられただの、そういった『いかにも』な内容である。

無論、「今日の出品が楽しみですなぁ」といった声も。

会場全体に流れている空気自体はまったりとしていた。上流階級の住民に囲まれることになるから絶対落ち着かないと思ったが、考えすぎだったようだ。

ただナツメはそわそわとしている。が、これは緊張というよりは、旺盛《おうせい》な好奇心が抑えられなくなっているのだろう。その証拠に、綻《ほころ》んだ口元から八重歯《やえば》が覗いている。

「どんな名品珍品が出てくるかワクワクしますにゃあ。ご主人様はどうですかにゃ？　ミャーは珍しい美術品が見られたら嬉しいですにゃ」

「美術品か」

オークションの定番ではあるが。

「ぶっちゃけ興味ないな、そういうの。だって飾るだけじゃん」

「むむ、一理ありますにゃ。でもでもっ、インテリアやアンティーク家具ならどうですかにゃ？　おうちの彩《いろど》りになりますし、役にも立ちますにゃ」

それは悪くない。理想の居住環境のためにはいい家具は必須《ひっす》だからな。

ビッグブルーという労働力――今は宿に繋《つな》がれて宿主を困らせているが――も手に入れたことだし、ここで貴重な家具を仕入れておくのもありっちゃありか。

ミミも会話に参加してくる。

「家具といいますと、ソファやテーブル、衣類簞笥《だんす》などでしょうか」

「そんなとこだな。あとは……」

「ベッドもですね。窮屈《きゅうくつ》しないよう、シュウト様には大きなベッドで眠ってほしいです。フィーの町で暮らしていた時は一人用のベッドでしたから」

「お、おう、そうだな」

ところでミミよ、そこそこの爆弾発言であることは分かっているのか。

そんな俺の動揺を察してか、タイミングよく木槌《きづち》を「コン、コン」と打つ音が鳴った。

鳴らしたのは壇上に立ったアランである。

にわかにざわめきが広がり、来場者たちの視線がそちらに集中する。よっぽど待ちわびていたのか何人かは拍手も送っていた。

「紳士淑女の皆様、大変長らくお待たせいたしました。それではただいまより本日の競売を開始させていただきます」

よそいきの口調であることは明白。しかし猛禽《もうきん》じみた顔つきは変わらないままだ。

進行役のアランが指をぱちんと軽快に鳴らすと、部下と思《おぼ》しき黒服の男が、商品を乗せた台座を運んでくる。

「まずは一品目。黒真珠の婦人用ネックレスでございます。こちらはハーミーンの沿岸部で採《と》れた天然黒真珠を贅沢《ぜいたく》に使用し……」

開幕はありがちな品からだった。

が、でかい。半端《はんぱ》なく粒がでかい。よく真珠の質を表すのに直径八ミリとか一〇ミリとか聞くが、この距離から遠目に見た限りでも、その程度の大きさで収まっているようにはまったく思えない。最低でも二〇ミリはあるのではなかろうか。

それを何十個も繋げているんだから、こりゃ確かに一級品だ。

「まあ、素晴らしいわ！」

「今晩の会食につけていくのにぴったりじゃない」

おば様方たちが色めき立っているが、あそこまで一粒のサイズがでかいと俺には数珠《じゅず》に見えてきて、物珍しさよりもありがたさが先に来る。

とりあえず、拝んでおいた。

「落札価格は一五万Ｇから始めさせていただきましょう。一五万Ｇです。では、どうぞ」

「四〇万Ｇ！」

甲高《かんだか》くも自信満々な声が響く。のっけから大幅に吊り上げてきたので、俺は思わず「マジかよ」と小声で呟《つぶや》いてしまった。

「四一万！」

「四一万二〇〇〇Ｇ！」

「よ、四十一万二八〇〇！」

その後は細かく刻まれていく。

最初に声を上げた貴婦人は華麗に先制攻撃を決めて場を圧倒できたと踏んでいたようだが、想定以上に粘られるので顔色に焦《あせ》りを浮かべていた。

その結果。

「五〇万七〇〇〇Ｇ」

それまで一言も発していなかった男が、それまでの小刻みな競り合いから一気に五万近くも引き上げる数字を宣言した瞬間に、押し黙ってしまった。

「五〇万七〇〇〇Ｇ。他にありませんか？」

煽《あお》るアラン。だが、挙手はなかった。ここから参戦してくるということは、純粋な資金勝負に持ちこむつもりだと、誰もが理解していたのだろう。

「では五〇万七〇〇〇Gで決定とさせていただきます。おめでとうございます」

アランが木槌を打つと、まばらな拍手が起こった。

落札者には商品のロット番号を記した札が渡される。支払いと受け渡しは全部の競りの終了後に、ってことだろう。

「いやはや、ホフマンさんもうまくやったもんですな」

「商会の顔役を張っているあの人のことだから、きっとあのネックレスも売りに出されるに違いない。好事家《こうずか》相手にもっと高い値で売りさばくつもりなんでしょうな」

「はっはっはっは、相変わらず商魂たくましいお方です」

来場客たちが感想を言い合っている。

どうやら、あのネックレスにまつわる金の巡りはまだまだ続くようだ。

「続きましては王室御用達の茶器。模様と彩色も見事ですが、機能性の面でも群を抜いていることを保証しましょう。飲み口が限界まで薄く仕上げられていまして……」

「茶器か……」

これはいらないな。繊細なティーカップを積んで長旅したところで、どこかのデコボコ道で割れるのがオチだ。

「新進気鋭の画家ディマイオの風景画。七万Gから始めさせていただきます」

これもいらない。

「主演女優の急逝《きゅうせい》につき、わずか七度しか公演されなかった幻の歌劇『アセルに咲く雛菊《ひなぎく》』の、世界に数冊しか現存しない台本」

いらないってレベルじゃない。

「渡来品の壺を紹介いたしましょう。こちらは近年発掘されたばかりで……」

これもいらな……。

「いらないもんばっかじゃねぇか！」

金持ちの好む品というのは、やはり俺の感性とは合致《がっち》していないらしい。

珍しい品々を次から次に目にすることができるのは面白くないわけじゃないが、特段興味が持てるかというとそうではない。なにより、俺が参加できないのは退屈だ。

「本当にただの冷やかしじゃないか……せめて年代物のワインとか出してくれよ」

それなら俺も競り落とすのはやぶさかじゃない。

しかしまあ、アランの奴は口がうまい。一見して訳の分からない品が出てきても、アランが淀《よど》みなく、かつ不足なく、ある時は誠実に、またある時は情熱的に、まるでカメレオンのように声のトーンをころころと変えて分かりやすく説明を添えてくるので、競売場に押しかけた長者たちの購買意欲は存分に掻き立てられていた。

あの弁の立ち方は天性のものだろう。喋《しゃべ》りがいちいち説得力に満ちている。営業職をやらせればすぐに業績トップに駆け上がりそうだな。

それはさておくとして。

その後も俺にとっての目ぼしい品というのは競売にかけられなかった。唯一《ゆいいつ》、ジェムナで採取されたエゴつき宝石を用いたアクセサリーが出品されていたのには俺も食指《しょくし》を動かされたが、キンキラに輝くド派手なティアラに加工されていたし、しかも本日の目玉商品だったようであっという間に落札価格が三〇〇万Gを超えてしまったので、やめた。

「それでは次の商品を説明させていただきます。本日はこちらの出品をもって終了させていただきますので、ぜひぜひご参加ください」

結局ロクに競りの醍醐味《だいごみ》を体験することもないまま、ラストの商品が提示される。

けれど、その最後の最後に及んでようやく。

俺は大きく惹きつけられることになった。

「……はあ？」

だって仕方ないだろう。アランが指を鳴らしても黒服の部下が現れたりはせず。

商品がそのまま歩いてステージ上までやってきたんだから。

「こちら町の奴隷商からの出品になります。名はリルハ。イタチの獣人でございます」

俺たちの前に現れたのは、ほっそりとした体型の女の子。

ツリ目で感情の色が薄く、寡黙《かもく》そうな雰囲気がある。体の線が分かりやすい革製のタイトなドレスを着せられている割には、腰回りが細いせいか、色気にも乏《とぼ》しい。

ただひとつ言い切れるのは、清潔な黒のショートカットが似合う——美少女であるということだ。

この競売場では、獣人まで売られているのか。

「皆様はイタチと聞いてなにを連想しますでしょうか。小さい？　かわいらしい？　確かにそうしたイメージはあるかとは思いますが、本質は異なります。類稀《たぐいまれ》な動体視力と観察力、更に獰猛《どうもう》さを持つイタチは、自然界きってのハンターと呼んでも過言ではありません。そしてイタチの遺伝子を持つ彼女もまた、そうした特性を有しています」

うーむ、それだけ聞くと生まれながらの戦闘民族って感じだな。

ただ獣人特有の耳に目をやってみると、小さくまんまるい形をしていて、そのギャップで余計にかわいらしく思わされる。

見惚《みと》れる俺の意識を現実に引き戻すように、アランの木槌の音が鳴る。

「それでは開始いたしましょう。まずは——」

俺がフィーで得た記憶では、女の獣人を奴隷として雇うためには、一〇〇万から二〇〇万G程度の出費が必要だったはず。最低落札価格で一〇〇万G、ってところか。

「——六〇万Gから始めさせていただきます。六〇万G。どなたからでも結構ですよ」

かと思いきや、妙に安価からスタートした。

といってもこのルックスに加えて、狩りも得意だというならすぐに相場に近い値段で売れてしまうだろう。

……そう予測していたのだが、意外にも手は挙がらなかった。

奇妙な話だ。実際、この競売場にも着せ替え人形のようにおめかしさせられた獣人の姿はちらほらと見られる。こんなふうに奴隷を着飾らせることで自分の豊かさを誇示しようと躍起《やっき》になっている連中なら、すぐにでも飛びつきそうなもんだが。

「六〇万。挙手ございませんか？　このままですとお流れとさせていただきますが」

会場全体を見渡すアランの声だけが虚《むな》しく響いている。

なんだか晒《さら》し者にされているようで気の毒になってきた。いやむしろ、なんでみんなこんなに平然としているのか不思議なくらいだ。

澄まし顔なんてしてないで落ち着いて考え直してみろっての。これだけの美貌で、お値打ち価格で、しかも戦闘を任せても心強いだなんて、最高の人材じゃないか。少なくとも俺にとっては、喉《のど》から手が出るほど欲しい逸材《いつざい》としか考えられない。

……。

いやいやいや、やっぱり全然手が挙がってこないし。なんで全員「ふーん」みたいな冷めた面《つら》で眺めてるだけなんだよ。俺がおかしいのか？　逆に不安になってきたんだが。

ここで俺は、この町では装備品による戦力アップが図れそうにないことを思い出す。だったら——。

「六〇万Ｇ」

　思い切って、俺が手を挙げた。

　群集のどよめきが俺の耳に飛びこんでくる。

　その瞬間、それまで芝居がかってすらいた口ぶりと身振りで実直に進行し続けていたアランは、競売場の入り口前で見せた、あのニヤっとした笑い顔を俺に向けてきた。

「六〇万。他にございませんか？」

　当然のように後続はなく。

「では六〇万で落札確定！　おめでとうございます！」

　カン、と木槌が打ち鳴らされ、裏手から現れた従業員に番号札を握らされる。

「これで今日付の出品は終了となります。本日はご来場誠にありがとうございました。また次回開催のオークションでお会いしましょう。それでは、それでは」

　アランが一礼すると拍手が沸き起こった。同時に、それまで適度に張り詰めていた緊迫の糸が一気にほどけ、会場中に弛緩《しかん》した空気が漂い始める。

「今回はさっぱりだったなぁ。掘り出し物が全然なかったよ」

「そう？　ティアラがあったじゃない。高すぎて手が出ませんでしたけど」

「うっ……それは俺にもっと稼いでこいって頼んでるのか？」

「どうかしらね」

貴族のような出《い》で立ちをした夫婦がぼやきながら会場を後にしていくのを尻目《しりめ》に、俺は自分の手の中にある、商品名『リルハ』のロット番号が刻まれた札に視線を落とす。

勢い、と言ってしまえばそれまでだが……。

しかしどうにも買わないわけにはいかない気がした。

「あっ、主殿！」

動転した様子で声をかけてくるホクト。どういうわけだか口元に力が入っていて、やや緊張感のある表情をしている。

「驚きました。まさか手を挙げられるとは……」

「俺だってまだ心臓が揺れてるよ。だけどここじゃまともな装備品が手に入りそうにないし、役に立ってくれそうなら、是が非でも手を貸してもらいたかったからな」

「確かに、リルハ殿からはただものならぬ気配を感じましたが……ですが新しい人を迎え入れるというのは、どうにも緊張するでありますな」

ホクトはどうやら、自分が他者の模範《もはん》となれるかが気がかりらしい。

だとしたら心配はいらないぞ。お前は十二分に俺の配下としてよくやっている。

とはいえ俺が急遽《きゅうきょ》でかすぎる、それも後を引き続ける買い物をしてミミたち三人を困惑《こんわく》させてしまったのは認めるしかない。あとはうまくやってくれるかだが……。

「とてもとてもスマートな方でした。きっとシュウト様を助けてくれると思います。リルハさんに負けないよう、ミミもますますシュウト様に尽くしていかないといけませんね」

「早くお近づきになりたいですにゃ！　おおっと、いけないいけない、その前にミャーは先輩として、ガツンとかましてやる義務があるのですにゃ……」

……まあ、この調子なら大丈夫だろう。


番号札を握り締めた俺は、商品の受け渡しがなされる支配人室に招き入れられる。

といっても先に何人かの別の落札者が列をなしていたので、数十分の順番待ちを経《へ》てからだったが。

それに支配人室に入れるのは札を持つ俺だけだった。

なのでミミたちは先に宿へと帰している。夕焼け雲も浮かび始めた頃なので、どこかで今日の食料を買っておいてくれと、そう伝えた。用があるのは俺だけなのに、わざわざ順番待ちの列に並ぶところから付き合わせるのも悪い。

あと、陽《ひ》が沈む前には宿についておけよ、とも。

「よう。待たせてすまなかったな」

部屋に足を踏み入れると、高そうな椅子に足を組んで座り、尊大にふんぞり返った支配人ことアランの姿と声が真っ先に視覚と聴覚を刺激した。

これが「すまない」の態度を表すポーズとは冗談がきつい。どっちが客か分からんな。

その隣には……リルハが立っていた。

ステージ上で見た時とは違い、ボンデージ風のドレスではなく、ボロっちい布地の服に着せ替えられていた。おそらくあれは、売り物をよりよく見せるために手配されたショーアップ用の衣装だったのだろう。

アランもまた重そうに腰を上げ、ぼんやりと立ち尽くすリルハに「ついてこい」と一声かけて俺のもとに歩み寄ってくる。

無理に手を引いたりはせず、声だけでの指示だ。大事な商品だからと、触れる気もないらしい。横柄《おうへい》なくせして要所ではプロ意識が高いから憎たらしい割には憎めない。

「ほらよ。あんたが落札した商品だ。連れていきな」

そうとだけ告げて俺から番号札と金貨の詰まった布袋を回収すると、すぐさま椅子に座り直して金勘定《かねかんじょう》を始めた。

隣に目をやる。

スレンダーな少女は依然《いぜん》、感情をどこかに置き忘れてきたかのような表情を浮かべたままで、しかしその一方で、めちゃくちゃこちらの顔をじーっと見つめてきていた。

秋波《しゅうは》を送っているでもなく、本当にただひたすらじーっと見つめるだけ。

やばい。左右対称の整った顔に凝視《ぎょうし》されるとめちゃくちゃ気恥ずかしい。

なので目線の方角をアランに戻す。

「……なんだ？　こっちは三度も流れたブツがようやく捌《さば》けてせいせいしてるところなんだ。それにまだまだ仕事が残ってんだから、用が済んだらさっさと出ていってもらいたいんですけどねぇ」

俺の視線に気づいたらしく、アランは嫌味を包み隠そうともせずに言ってくる。

「いや、ちょっと質問してみたいことがあってな」

「落札してくれたよしみで特別に許可してやんよ。ただし、手短にな」

「じゃあ聞くが、どうしてこんなにも安い値をつけたんだ？　普通女の獣人っていったらもっと高い値段で取引されてるだろ。それに、そんな価格設定なのに誰も落札しようとしなかったのも変だ。一体どういうことなんだ？」

「手短って頼んだのに質問の多い奴だな。へっ、いいだろう、順を追って説明してやる」

アランは軽く溜め息を吐いてから、俺の疑問の解消を始める。

「安値の理屈と、不人気の理由か。単純だな。そもそも分離して考えることじゃねぇ。不人気だから安いんだよ。こいつは市場《いちば》じゃ売れなかったんだ」

「なんで人気が出なかったんだよ。狩りのセンスに長《た》けてるんだろ？　それにまあ、愛くるしいところもあるじゃないか」

「急《せ》かすな。黙って聞け。この町のセレブリティの間じゃ、雇っている奴隷を綺麗に着飾ることで自分の富と権力を示すのが、ちょっとした流行《はや》りになっている」

町中で幾度となくそういった光景を目にしてきたから、それは分かる。

「その手の連中が好むのは忠実な犬の獣人か、甘え上手のウサギの獣人だ。家事をやらせるんだったら働き者のネズミかビーバーの獣人がいいし、もしくは器用な猿の獣人でも構わない。戦闘以外に能のない奴はここじゃ見向きもされねぇってこった」

「でも違う土地なら評価は変わるんだろ？　よそに引き渡せばいいじゃないか」

「無茶言うな。売れ残りの奴隷なんて、足元を見られて安く買い叩《たた》かれるだけだぜ」

売れ残り、という単語に、リルハは表情こそ変えなかったものの、肩を小さくぴくっと震わせたのを俺は見逃さなかった。

「それでも売れないよりはマシだろうが、商人ってのは妙なプライドがあってね。同業者が得するくらいなら、自分が損することを選びやがるのさ」

だから競売場に持ちこまれたのだと、アランはそう経緯《いきさつ》を語った。

「しかもこいつ、愛嬌《あいきょう》なんてものもてんでないだろ？　肉付きだってよくないし、そりゃ誰も欲しがらねぇよ。男は馬鹿でスケベな生き物だからな」

リルハが目と鼻の先にいるというのに、あけすけに物を言うアラン。人が言いにくいことを平然と言える性格なのだろう。

だが俺はその言葉に反論するつもりはないし、できるはずもない。

確かに俺がミミとホクトを買ったのは、魔法で探索《たんさく》を支えてもらいたいからと、旅のために荷車を引いてほしいからというのが目的である。

しかしながら二人の容姿に大いに満足させられたのも事実。

そもそも元はといえば、一番最初に奴隷市場を訪れたのも、このままでは女日照りが酷くなりそうだと悟ったからだしな。

こいつの言うとおり、俺もまた馬鹿でスケベってことだ。

「つってもあんたは、成金どもが重視しなかった能力こそを買ってこいつを落札したみたいだけどな。冒険者の手伝いやらせる分には、まずまず上出来だろうしよ、いい買い物だったと保証してやんぜ」

「……ん？　冒険者だなんて自己紹介したか、俺？」

「格好を見りゃ分かるっての。どこの億万長者が頑丈なだけで着心地の悪いカトブレパス生地《きじ》のコートを着るってんだ。そんなもんを好き好んで身に着けるのは、魔物とかいうのを狩ることを生業《なりわい》としてる冒険者だけだろうよ」

ぴたりと言い当てられる。

やはりこの男、目利《めき》きだけはズバ抜けて冴《さ》えるようだな。

「並の冒険者がリルハを手に入れようにも、ギルドの連中は年中金欠に悩まされてるって聞くからな。相場的には安めでも、一般庶民にゃ高嶺《たかね》の花に変わりねぇ」

ってことはだ、と続けるアラン。

「冒険者は金がねぇ、成金連中は見る目がねぇ。その点あんたは金のある冒険者で、見る目のある金持ちだ。この町にはいないタイプの人間だぁな」

「褒《ほ》め言葉として受け取るぞ。深読みしてもいいことなんかひとつもねぇからな」

「そうしてくれ。ただこれで俺の意図は汲《く》み取れたよな？　使えないからこいつに安値をつけたってわけじゃない、ってよ」

無言で頷く。つまりは、需要と供給が嚙み合ってなかっただけなのか。

「壇上で説明してやったとおり、こいつは研ぎ澄まされた感覚の『眼』を持っている。ワケあり品なんかじゃねぇ。れっきとした逸品《いっぴん》だ。そりゃそうだろう？　俺の取り仕切る競売場にいわくつきの商品なんて一個も並べる気はねぇんだからよ」

アランは自信に溢れた語調で言う。

「とにかく、今日からそいつはあんたのもんだ。もう俺の関知するところじゃねぇ。冒険の供にしようが、かわいいメイドちゃんに仕立て上げようが、好きにしな」

その台詞《せりふ》を最後にアランは俺たちを追い払った。

俺は胸にざわめきと戸惑いを残しながらも、またリルハに目線を送った。

リルハは金色の瞳をこちらに向けて。

「マスターの御心のままに」

と、抑揚《よくよう》のない平淡な声で言った。

ヒメリの活動日誌
～オートベルグ～

誰が呼んだか、不夜の町。

上流階級の人々が顔を連ねるここオートベルグは、数多の光で彩られた美しい景観で知られている町ですが、そのダイヤモンドのような美しさは、町中を満たす輝きに耐性のない私の目にはどこかいかがわしく映ります。

夜のない町、というのは、それだけで異質に感じてしまうものなのでしょう。

さて、そんなことよりです。私の活動について記録しておかなければ。

まず最初に、「フォルホンで依頼をこなせなかった分、この町ではバリバリ働くぞ！」と意気ごんでいたことを明かしておきます。

結論から言ってしまうと、仮にそのやる気がなかったとしても、実りのある成果を得られていたに違いありません。

なぜならファッション業界に携わる方々の出す依頼は、どれも見返りが高額なのです。

魔物が落とす毛皮を十点ほど納めるだけで8000Gもの報酬がいただけますし、出現する敵が弱いので足を運んでこそいませんが、南西部にある鉱山で稀に採掘できる金もまた高値で取引されているようなので、冒険者にとっては絶好の稼ぎ場なのではないでしょうか。

ですがそれは、定住していない私だから言えることなのかもしれません。

物価と家賃の高いこの町で、収入の不安定な冒険者稼業一本だけで長年にわたって暮らしていくのは、きっと大変な部分も多いでしょう。

オートベルグはあくまで、お金持ちの方々にあつらえ向きの町なのですから。

……お金持ち、といえば、私にとって一番身近で当てはまるのはシュウトさんになってしまいますね。

あの人は別枠でしょう。この町の富裕層の人たちと違って、ガサツですし、自由奔放ですし、口も汚いですし、俗っぽいですし……言い出したらキリがありません。けど、それが救いでもあります。もしシュウトさんが他の方々がそうであるように、上昇志向の強い人柄だったなら、この町にすっかり馴染んでしまうでしょうから……。

Episode.6

俺、重用する

帰路、俺は宿に戻る前に大通りにあった服飾店に立ち寄ることにした。

町の通り全体がちょっとしたファッションショー状態になっている中、リルハだけ貧相な格好をしているのが忍びなかったので、ひととおりの衣服を買ってやるためである。

「婦人用のカジュアルですか？　それですとこちらの羊毛生地《きじ》を用いたコットとサーコートの組み合わせがポピュラーです。魔物由来《ゆらい》の毛皮を贅沢《ぜいたく》に使用したガウンも大変ご好評いただいておりますよ。ああ、そうだ、お連れの方は細身ですから最新のパンツファッションが似合うかもしれません。当店専属のデザイナーは『スカートの裾《すそ》を引きずるスタイルは古い』とパンツファッションにも力を入れております。でしたらこちらも……」

若い女の店員がぺらぺらと一方的に話を進めていくが、ファッションに疎《うと》い、ましてや女性物の流行なんて知るはずもない俺が独断と偏見《へんけん》で選ぶより確実にいい方向に進むのは間違いないので、おとなしく従う。

結局、淡いベージュのトップスに七分丈《しちぶたけ》のスキニーという、無難なチョイスに。

着替えたリルハはこれといった感想もなく、「ありがとうございます」とだけ言った。


リルハを連れて宿に戻ってくると、買い物を済ませていたミミたちは気を利《き》かせてか、和《なご》やかな歓迎ムードを作ってくれていた。

「おかえりなさいませ、シュウト様。お食事の用意ができていますよ」

にこっと微笑んだミミが手を差し出した先、部屋備え付けの円形テーブルの上に並んでいるのは、パンにチーズにワインと、宿で摂《と》る飯としては定番中の定番である。

平たいパンにはローストチキンと数種の野菜が挟まれていて、これひとつで十分な栄養価がありそうだ。

もっとも今夜の歓迎会の主役は俺ではない。

「リルハさん、でしたよね。お待ちしていました。ミミはシュウト様のサポートを務めさせていただいております、ミミと申します」

ぺこりと、山羊《やぎ》のツノが見えるように会釈《えしやく》するミミ。

いつも思うが、こいつの自己紹介は一人称の関係で名乗るより先に名前が出てくるため一度耳にしただけだと軽く混乱する。俺は付き合いも長いのでもう慣れたが。

「これからよろしくお願いしますね。なにか困ったことがありましたら、シュウト様だけでなく、ミミたちにも相談してくださいね」

ミミは優しげな笑みを見せる。

ミミのほうがリルハより少し背が低いくらいなのに、凄《すさ》まじい母性である。

その顔をこれまたじーっと見つめるリルハに、今度はホクトが大きく咳払《せきばら》いしてから。

「自分はホクトという者であります。主殿《あるじどの》が剣、ミミ殿がその剣を納める鞘《さや》だとしたら、自分は主殿を守る盾《たて》となれるよう、日々精進を重ねております。リルハ殿が来てくだされば百人力。

自分もますます尚武《しょうぶ》の道に励む所存であります！」

なかなかどうして様になっているアピールだった。

言い終えた後にほっと安心したような顔をしたので、多分前もって台詞《せりふ》を練っていたに違いない。だが俺はくだらないことを考える能力にかけては一流なので、ホクト渾身《こんしん》の剣と鞘のたとえは下ネタに聞こえてしまったことを白状しておく。

……とまあ、この二人に関しては距離感を大事にしている様子がうかがえたのだが。

「さあさ、立ち話もなんですから、お二人とも着席するにゃ！」

飛び切りに明るい声色と表情で俺とリルハの背中を押すナツメは違った。

「ふっ、打ち解けるには一緒に食卓を囲むのが一番ですにゃ。つまり、ミャーは、早くみんなでごはんを食べたいということですにゃ！」

すぐにでも仲良くなりたいらしく、のっけからフレンドリーなオーラ全開だった。

お前、「ガツンとかましてやる」って意気込みはどうなったんだよ。


けれどリルハは、とにかく口数が少なかった。

「リルハです。よろしくお願いします」

と最初に挨拶《あいさつ》したくらいで、あとは「はい」と「いいえ」を会話の内容に応じて使い分けるだけ。自分から喋《しゃべ》りかけることに至っては一度もなかった。

不思議なのは緊張しているとか、人見知りだとかそういう感じではなく、むしろリラックスしているように見えたのに、黙りこくっているのだ。

パンをかじるペースはナツメといい勝負だったし、酔いこそ顔に出ないもののワインもいける口だったから、人目を気にして遠慮がちにしているということもない。

おそらく、元々無口な子なのだろう。

うーん、確かにこれは、労働力としてではなく愛玩《あいがん》目的で獣人を雇っているような層にはウケが悪いかもしれないな。

まあ、だからなんだって話だ。物事には向き不向きがある。

「明日からまた金稼《かねかせ》ぎを再開しようと思う。ギルドのおっさんからどこに行きゃいいかは教わってるからな。リルハ、お前にもついてきてもらうぜ。初仕事だ」

テーブルを囲む全員の顔を見渡す俺。特に、リルハの金色に輝く目を見て言った。

「俺はお前ができる奴だって思えたから雇ったんだ。頼りにさせてもらうぞ」

半ば衝動的な買い物ではあったが、最終的に決断して右手を挙げるまでの間に「この機を逃していいのか？」と何度も反芻《はんすう》したのは事実だ。

俺の顔をまっすぐに見つめるリルハの口が小さく開く。

「分かりました、マスター」

そう真顔のままで言われた。

久しぶりにイエスノー以外の返事を聞いた気がするな。

……と、密《ひそ》かにほっこりしていると。

「ところで、シュウト様」

ふと、ほのかに頬を染めたミミが尋《たず》ねてくる。

「リルハさんはどちらでお休みになればいいのでしょうか？」

「……あっ」

すっかり失念していた。

リルハの加入は当初の予定にはなかったことなので、取っているのは当然四人部屋。

ベッドの数が足りないじゃないか！

「し、仕方ない……明日キャンセルして部屋を取り直すか……」

ここの宿の主人にはまた面倒ごとを重ねてしまうな。ただでさえビッグブルーの体がでかすぎて、併設された厩《うまや》に収まらなかったから無理して軒下《のきした》に繋《つな》いでもらっているのに。すまんとしか言えない。

しかし問題はここからである。

四つのベッドで五人が寝る方法……最早《もはや》方法と呼ぶことすらためらわれるくらいシンプルな回答になるが、どれか一つに二人で寝るしかない。

ベッドはシングルサイズで、二人で寝ようと思ったら密着は不可避。

とりあえず、ナツメは真っ先に候補から外れる。あいつはああ見えてウブなところがあるから添い寝なんてできっこないし、それに寝相が悪いから俺の身が危ない。ミミとなると相手はミミかホクトに絞られる。が、どちらも選べない。ミミは案外ヤキモチ焼きだし、ホクトはホクトで最近女としての自覚が芽生えている。

それでも、どうしても選ぶとなるとミミになってしまうか。

俺が一番愛している女は、結局最初に過ごした町の欠陥住宅で駆け出し冒険者をやっていた頃から苦楽を共にしているこいつなんだから。

というかそもそもなんで俺は自分が添い寝してもらう方向で思考を進めているんだ。アホなのか。女の子二人でベッドを利用するという案もあるだろう。だがそれでは禁断の世界が始まってしまう。いやそれはそれでアリな気もしてくるのですが。

「問題ありません。しばらくは私が床で眠ります」

煩悶《はんもん》する俺に、リルハが落ち着き払った声で告げてくる。

「マスターの手を煩《わずら》わせるのは失礼にあたりますから」

当然、まだ決めるのは早いと諭《さと》したし、ホクトなんかは「でしたら、自分が」と率先してベッドを譲ろうとしたのだが、リルハの意志は固く一度言ったら聞かなかった。

食事をぴたっと打ち切ったリルハは、毛布を一枚だけ取ってそれにくるまると、ごろんと横になる。

「……おーい」

呼びかけてみても返事はない。

「もう寝ちまったのか？」

返事はない。

「いや、んなわけないだろ。どんだけ寝つきいいことになるんだよ。起きてるよな？」

返事は……

「ぐー」

あった。

めちゃくちゃ嘘くさい寝息で。

「ご主人様、普通寝てる人が『ぐー』なんて言いますかにゃ？」

「言わないよな。そんなのフィクションの世界だけだろ」

俺とナツメがそうツッコミを交えて会話していると、毛布で隠れ切れなかったリルハの耳がちょっとだけ動いた。それからしばらく間《ま》が空いた後。

「すぴー」

寝息のパターンが変わった。

しかし息が漏《も》れた音という感じではまったくなく、完全に口で発音していた。

こ、こいつ……意外と面白い奴の可能性がある。

まあ要するに、「自分はもう眠ってしまったからお気遣いご無用ですよ」ということを伝えたいのだろう。ちょっとやり方が不自然でギャグみたいになってしまってるだけで。

そんなタヌキ寝入りならぬイタチ寝入りが始まってしまったこともあり、俺たちは仕方なくリルハの意向を尊重し、片付けを終えるとすぐに明日に備えて床に就《つ》いた。

で、その『夜』。

夜じゃない。朝の話だ。俺が目覚めたのは。

「……ん……な、なんだ？」

寝ぼけ眼《まなこ》をこすってみるが、明かりの類《たぐい》は一切ないのでなにも見えない。

それでも目覚めたのには理由があった。

というより、同じシチュエーション下に置かれたら、別に俺でなくても大抵の奴は目が覚める。自分が寝ている布団の中でなにかがごそごそと動いていても睡眠を続けられる鈍感《どんかん》な人間なんて、そうそういるもんじゃないだろう。

目が暗闇に慣れてきた俺は意を決して、掛け布団をばっとめくってみる。

そこにいたのは――俺の腹の上に乗っかっているリルハだった。

「なっ!? お、お前、なにやってんだ!?」

動転する俺。それでも声のボリュームは限界まで絞っていた。この状況を三人に見られるのは、なにかとまずい。

「マスター、起こしてしまいましたか」

「起きるに決まってるだろ! 起きないほうがどうかしてるわ!」

なおこの会話中も俺とリルハは密着しっぱなしである。リルハは痩《や》せてはいるが、それでも女の子らしい柔らかな感触がないわけじゃなく、かつ抱き締めるだけで壊れてしまいそうな華奢《きゃしゃ》な体つきのためにたまらなく庇護欲《ひごよく》を掻き立てられるところもあり……。

「……じゃなくてだ、なんで俺のベッドに潜《もぐ》りこんでるんだよ」

平静を装《よそお》って問う。

もっとも鼓動の大きさと脈拍《みゃくはく》の速さはごまかしようがないので、伝わっていないことを願うのみだ。ちょうど俺の胸のあたりにリルハの顔がきているので絶対無理だが。

「いえ、誰かに仕《つか》える時はこうすべきだと前々から教えられていましたので」

「誰に吹きこまれたんだ、誰に」

「アランさんに」

どういう教育を施《ほどこ》してんだ、あの野郎は。

「『主人を喜ばせたかったら、買われた初日に寝ろ』と言われました」

「なんつーストレートな言い方だ……」

口の悪いアランらしいといえばらしいが。

「ですので、マスターと寝ることにしました」

リルハは俺の目から片時も視線を外さずに、堂々たる夜這《よば》い宣言をした。

こんな時になってもリルハは必要最低限の内容しか口にしないので、それが逆に凄《すさ》まじい殺し文句となっている。シンプルイズベストとはこういうことなのか。

「ま、待て。こういうのはだな、男の俺にだって心の準備ってやつが……」

なんとか理性的に物事を考えられるようにと深呼吸をしていると。


「なぜ準備が必要なのです？　目を閉じるだけではないですか」


リルハは、微動だにしない表情でそんなことを言った。

「……お前、まさかとは思うが……」

すべてを理解した俺は、みなぎっていた心臓が急速にしぼんでいくのを感じた。

「『寝る』って、そのままの意味だと思ってないか？」

「他にどのような意味があるのでしょう」

「……いや、ねぇよ。寝るって言ったら寝ることだよな、うん」

またこのパターンかよ！　最近多くないか？　俺のせいなのか？

この場をしのげたことに安堵《あんど》すべきか、それとも肩透かしでしかなかったことを残念がるべきかは分からないが、とりあえず俺は、いい加減下半身を中心とした物事の考え方を改善すべきだと、そう決めた。大人になるとは悲しいことだな。

……ん？　でも。

「よく考えたら添い寝には変わりないのか……？」

今日会ったばかりの女の子と、ベッドを同じくしているという点では一緒じゃん。

やべ、そう考えるとまた緊張してきた。実際起きている事象として、リルハは俺の腹から脇へと体の位置をスライドさせて、ぴたりと寄り添っている。

「ってかお前、床で寝るって言ってなかったか？」

「方便です。皆様が寝静まってからでないと、混乱を招くかと思いましたので」

そりゃ混乱するだろうな。でも俺が一番混乱してるよ。

しばらくは床で眠る、とは確かに言っていたが、短い『しばらく』だったな……。

「だけど、なんでまたそんなふうに考えたんだ？」

先ほどの対話を思い出す。

リルハの説明が本当だとしたら、こうしてこそこそとベッドに忍びこんできたのは、俺を喜ばせたかった、ってことなんだろうから。

「マスターは私を信頼してくれました。報《むく》いるのが務めです」

リルハは喜怒哀楽のないフラットな顔で、その表情からは想像もつかないような、とても従順な言葉を述べた。

……。

まあ、いいか。細かいことは。

ずっと蔑《ないがし》ろにされ続けていたようだし、頼られるのが嬉しかったりもしたのだろう。

だがしかし、段々と頭が冷静になってきた俺が心配なのは、ここまでのやり取りが他の三人に発覚していないかである。

ナツメは鼻ちょうちんをぷかぷか浮かべているから熟睡しているのが分かりやすくて助かるが、ミミとホクトに関しては知りようがない。様子に気づいている上で寝たフリをしている可能性も大いにある。

リルハは誰よりも先に起きてベッドを離れると言って、彼女本来のか細くもかわいらしい寝息を立てだしたが、俺はいろんな意味で寝られなかった。


翌朝、俺たちは探索《たんさく》スポットに行く前に防具屋へと足を伸ばした。

無論リルハのための防具を買い揃《そろ》えるためである。武器はリステリア地下でデュラハンから入手したファルシオンを装備させておいた。試し斬《ぎ》りも兼ねて、ってやつだ。

その他の装備は、俺がスカルボウに、勇ましい鎧《よろい》姿のホクトが両手に持ったタワーシールド、ナツメが二丁のナイフ……とまあ、地下迷宮を攻略していた時と概《おおむ》ね同じだ。

唯一、ミミだけが魔術書ではなく杖《つえ》に持ち替えている。勉強熱心なミミはもう既に、難解な上級魔法である『かまどの火』に習熟してしまったようだ。

「鎧、は……重すぎて無理だよな。かといってローブってタイプでもないし……」

「むむむ、軽量素材の服は種類が豊富みたいですにゃ」

品定めをする俺と、壁に貼られた材質一覧表と睨《にら》めっこをするナツメ。

いまひとつ進捗《しんちょく》がないのを見かねてか、店主のおっさんが助けに入ってくる。

「なにをお探しかね？」

「いや、あの子に装備させるものなんだけど」

剣を腰に差したリルハを紹介し、おっさんにその体格と適性を確認させる。

「細い娘さんだな。ふうむ、となると、重い鎧なんかはまず無理だな。前線で戦わせたかったら……そうだな、服をベースに胸当てと腰当てを装備させるのがいいだろう」

「ほうほう」

要するにヒメリみたいなスタイルってことか。

「軽鎧は重量と耐久力のバランスを見極めるのが難しい。しっかり吟味《ぎんみ》していきな」

おっさんの言いつけを守って一個一個リルハに試着させていく。

その大半が鉄製ではあるのだが、金属板の厚みひとつとってもバラバラなので、ちょうどフィットするものを見つけ出すのは思ったよりも難航させられる。なによりリルハが動きやすくなくては意味がない。

更に言及すると、オシャレが流行している町だからかどうかは謎だが、装備品のデザインやカラーリングのバリエーションまで無駄に充実している。

どうせ買うなら似合うものを、とは思うのだが……。

「わあ。リルハさん、その格好もとてもとてもお似合いですよ」

ミミがほんわかとした笑みをたたえて、白百合《しらゆり》をモチーフとした紋様があしらわれた胸当てを装着するリルハに小さな拍手を送っている。

その和《なご》やかですらある光景を、俺は「ううむ」と唸《うな》りながら眺める。

スマートなリルハは体型に余計な特徴がない分、何を身につけても身につけたものの色に染まり、容易に着こなしてしまう。

たとえばホクトなら自慢の長身が真っ先に目立ってしまって、似合う服というのは限られてくるだろうし、女性らしい体つきをしたミミはミミで、デザイナーの意匠《いしょう》以上にフェミニンな空気を漂わせがちだ。

実際ミミが今まとっているローブは元々は司書の制服という『知性』の象徴ともいえる代物《しろもの》なのだが、丸みを帯びた腰のラインがやたらと強調されているせいで、どっちかといえば俺にとって好ましい感じになっている。

　その点、もしリルハが着たならば、ローブが本来持つ性質に引っ張られて知的な女性として俺の目に映るだろう。

　言うなれば無地のキャンバス。

　理想的なファッションモデルなのかもしれない。

「私は、これがいいです」

　結局決め手となったのはリルハ本人の意見。山吹《やまぶき》色の軽鎧セットが一番しっくりきたようだ。

どれも素材自体は一緒だから性能には大差ないし、俺としても異論はない。

「性能に大差ない、か……」

　上下合わせて二万三六〇〇Gの金額を支払った俺に、ここでふと、案が浮かぶ。

　ありふれた鉄製の防具でいきなり魔物の真ん前に立たせるのは、若干心許《じゃっかんこころもと》ない。かといってナツメのようなすばしっこさをリルハに求めるのも酷ってもんだろう。

　だとしたら、だ。

「なあ、リルハ」

　首をひねりながら自分の新たな出《い》で立ちを確認するリルハに一声かける。

「弓を持ってみないか？」

町を出ておよそ二時間。

目指していた場所であるオートベルグ東部の森林は、その鬱蒼《うっそう》とした影を存分に俺たちに見せつけてそこに鎮座《ちんざ》していた。

足を踏み入れる前から鳥や獣がけたたましく鳴く声が漏《も》れ聞こえてくる。

なんだここ、動物園か。

「さーて、どのくらい稼がせてもらえることやら」

これまでの経験則からいうと、一体につき二万Gは欲しいところだな。

「そのためにも、リルハ、お前にもしっかり働いてもらうぜ」

振り向き、リルハに期待を寄せていることを直接口にして伝える。

こくりと頷《うなず》くリルハの背中には、威力のある黒曜石《こくようせき》の矢を詰めこんだ矢筒と、邪悪極まりない形態をしたスカルボウが担《かつ》がれていた。

俺はアランから「リルハは『眼』がいい」という話を聞いていたことを思い出した。その特長をフルに活用できる武器といえば、やはり弓しかない。

それに、弓は素人《しろうと》の俺ですらすぐに扱えるようになった武器だ。なにせ照準さえ的確に合わせられれば後は弓側でなんとかしてくれるんだからな。今日が初陣《ういじん》のリルハにはうってつけだろう。

「俺とホクトが前に出て魔物を引きつけるから、ミミとリルハは遠くから狙いを定めて攻撃してくれ。ナツメは様子を見て前衛後衛どちらかのサポート」

森林内部に入る前にざっくりと指示を出しておく。

だがそんな俺に、ふふ、とミミは嬉しそうな微笑みを見せてきた。

「シュウト様は、本当に優しい方ですね。ミミはそんなシュウト様とご一緒できることを心から幸せに思います」

と、そんな言葉を添えて。

俺がリルハを後ろに下げた一番の理由は、今ひとつ頼りない装備で前線に立たせるのを心配したからだと見透かしているのだろう。長い付き合いになるというのに、「本当にこいつにはかなわない」と思わされる瞬間が未《いま》だにあるんだから恐ろしい。

ともあれ、である。

今の俺の武器は、だからファルシオンになっていた。

玄霊鉱《げんれいこう》のファルシオン——一応はレアメタル製の武器に分類されるものの、その成り立ちはかなり特殊だ。他のレアメタルのように鉱山から採掘できる代物ではなく、魔物が所持していた剣が、魔物自身が残した魂の影響を受けて火属性のレアメタルに変質したものだと、この武器を手に入れた町のギルドマスターから説明されている。

ぶっちゃけると、事故物件みたいなものである。いわくありまくりの武器だ。入手したからには試してみないわけにはいかないが、純粋に金属としてみた場合「鉄よりは上」程度とも聞かされているので、不安っちゃ不安だ。

その欠点を補うのが、これ。

「ふっ！」

俺はおっさんがそうしていたように、ファルシオンの柄《つか》を握り締めて念じる。

すると淡いピンク色をした灯火《ともしび》が浮かび上がった。

これが俺の分身。おっさんが呼ぶところでいう魂の火ってやつだ。

ミミが操るかまどの火に見た目は少し似ているが、性質としてはまったくの別物。熱くもなければ大して明るくもない。ふよふよと宙に浮かんでいるだけで、一見しただけだとなんの役に立つのか不明である。

というか発生させた俺自身が今ひとつピンときていない。

「なんか、縁日の屋台の提灯《ちょうちん》みたいだな……」

体力の半分を分け与えたこいつは、俺の意志とは無関係にフルオートで攻撃してくれるらしいが……実際の機能に関しては魔物と遭遇してみないことには分かりづらいか。

ということで、俺たちは足並みを揃えて森の中へ。

天を衝《つ》くかのごとく高々と伸びている樹木の間がかろうじて道となっている。日光が枝葉でできた天然の屋根に遮《さえぎ》られているから、まだ午前中だというのに少々薄暗い。

怪鳥の鳴き声はますます大きくなる一方だ。どこの茂みから飛び出してくるか分かったもんじゃない。各々《おのおの》武器を手にしたまま、警戒を緩《ゆる》めることなく歩いていく。

……のだが、リルハに限っては、手にするどころか既《すで》に発射体勢に入っていた。

斜め四五度にスカルボウを構え、矢の先をぴたりと静止させた瞬間、弦《つる》を引いていた指をためらうことなく離す。

それも一発ではなく、二の矢三の矢と相次いで。

本当に照準が合っているのかと思わされるほど、電撃的な素早さの連射だった。

リルハがようやく弓を下ろすと。

「仕留めました、マスター」

「し、仕留めたって……なにをだよ。突然すぎて頭追いつかないいんだけど」

「いえ、見えましたので」

そう平淡な声で言い切った途端、四方八方遠近様々の木々から「ドサッ」と、なにかが落下する音が上がった。

「これはっ……先ほどから響き渡っていた鳴き声の主《ぬし》でありましょうな」

コンドルを一回りほど大きくしたような外見のそれを注視するホクトの声のトーンは、たまげたようなニュアンスを含みつつも、なによりも感心で満ちていた。

そのすべてに黒曜石の鏃《やじり》で貫《つらぬ》かれた痕《あと》がある。

「見えたって、こいつらがか？」

こくんと首を最小限だけ縦に動かすリルハ。

「凄《すご》いじゃないか！　初めてにしちゃ上出来、なんてレベル大幅に超えてるぜ」

これには俺も舌を巻くしかない。

俺は当初、弓を引く練習でもしているのかと思ったが、とんでもない。既にリルハは視界の中に標的を捉《とら》えていたってことか。

観察眼に秀《ひい》でた才能があるらしいが、なるほど、実戦向きの長所だ。

狙いを定めるのにもたもたしていた自分とは大違いだな。

……。

いやしかし、いいのか、これは。今までは一応礼儀としてエンカウントしてから戦闘が始まっていたのだが。相手に気づかれる前から討伐《とうばつ》完了したのは初めてのことだ。いろいろとお約束を破っているような気がする。

するが、しかし、そんなことはすぐにどうでもよくなった。

「お、おお～！　久しぶりの報酬ゲットですにゃ！」

煙となって昇天した魔物の置き土産《みやげ》を急いで回収してきたナツメの、そのホクホクとした笑みと、そして手の中でこぼれ落ちそうになっている金貨を前にすればそれも当然。

俺のスキルがパーティーメンバーにまで効果が及ぶことは前々から判明している。なので必然的に、リルハが倒した敵の撃破報酬も、何十倍にも膨《ふく》れ上がっていた。

計七体で一四万七〇〇〇G。悪くない戦果だな。

これだけ一度に大量の魔物を倒したというのに、リルハはちっとも得意げでない。

「よくやってくれたぜ。どうやらお前を雇ったことは大正解だったみたいだ」

そう言って親指を立ててみせると、ようやく「光栄です」と返事をしてくれた。

これはあれだな、甘え慣れてない。定期的に褒《ほ》めてやるとしよう。

とはいえ、まだ休む暇はない。

少し進んだだけで虎に似たフォルムの魔物のお出ましだ。二本の牙《きば》が異様に発達していることと、毛皮が真っ赤であることを除けば、本当に虎そのものである。

草むらに潜《ひそ》みもせず、我が物顔で林道をのそのそと歩いている。

しかも複数だ！　虎の群れといってもいい。

当然のようにレッドタイガーと名づけたそいつらが、一斉に俺たちのほうを向く。

気づいたらしい。ホクトはすぐに一歩二歩と前へ出て盾を構える。

俺は思案する。こいつら全部リルハに任せたんでもいいし、負けじと静かに闘志を燃やしているミミの火で焼き払わせても無難に片付けられるだろう。

けどせっかく五人で探索に臨《のぞ》んでいるんだし、稼ぎの効率化を追求したい。

「リルハはさっきみたいに木の上に隠れている魔物を狩ってくれ。前にいる虎は無視したんでいい。虎の相手は、ミミ、任せたぞ。討ち漏らした奴は俺が掃除する」

作戦を伝え、戦闘開始。

それにしても俺の役割が大分情けなく見えるが、仕方あるまい。あの数の猛獣と正面切って戦うのはアホのやることだ。まずは集団を分散させてから。

「串に刺した白身魚を浜辺で焼くための火！」

かまどの火の魔法特有のヘンテコな呪文をミミが唱えると、その気の抜けるような響きとは正反対の激しい劫火《ごうか》が、青天《せいてん》の霹靂《へきれき》かのごとく魔物の群れの中心に巻き起こった。

散り散りになったレッドタイガーにすかさず追撃を加える俺……が……。

「あんま効いてないいんですけど！」

一刀両断というわけにはいかず、ほどほどの傷をつけただけだった。

ツヴァイハンダーのような圧倒的粉砕力も、カットラスのような流麗な切れ味もない。

マジで鉄に毛が生えた程度の、レアメタルの風上にも置けない威力しかないらしい。

これで俺が剣の達人ならそれでも十分だったのだろうが、残念ながら俺もまた素人に毛が生えた程度の腕前。どうせ生えるなら心臓に生えてもらいたかった。

となれば、頼るのはこっち。

「こういうのは追加効果が強力だったりするんだろ、パターン的に」

生命力を分割し、魂の火を生じさせた。

幻想的な燈《ひ》はふよふよと魔物の周りを飛んでいる。

ふよふよと。

それだけ。

「……ってこれ、本当に攻撃なんてしてるのか？　遊ばれてないか？」

疑うなと言うほうが無理だった。

ただ燈のほうばかり見ているからなにもしていないように感じるだけで、いざ魔物に目を向けてみると、確かに体力を吸い取られて弱らされているように思える。

ひたすら地味なだけで。

「微妙だな、この武器……次来る時はツヴァイハンダーを持ってくるか」

そう思い、魔物から攻撃を受けそうになっていた魂の火を戻した瞬間。


見えている世界が一変した。


「なっ、なんだ!?」

五感が研ぎ澄まされている、とでも言おうか。魔物の標的が俺へと切り替わり、牙を剝《む》いて飛びかかってきているのに、その情景が極めてスローに映った。

ゆえに、難なく回避。身のこなしも随分《ずいぶん》軽やかな気がした。

魔物に隙《すき》が生じる。ミミはまだ群れと格闘中。俺が仕留《しと》めるしかなさそうだ。

「こんなナマクラでかよ。仕方ねぇ、思いっきり叩《たた》きつけるっきゃないか」

あまり期待もせずにファルシオンを振り下ろす。

だが、刀身が振り下ろされるスピードは明らかにこれまでと違っていた。本当に俺が扱っているのかと疑問に思わされるくらいに。

事実、俺が何気なしに放ったはずの斬撃《ざんげき》は表皮を傷つけるだけに留《とど》まらず、剣先は肉の奥深くまで入りこみ、獲物《えもの》に深手を負わせていた。

レッドタイガーはやがて煙へと姿を変え、眩《まばゆ》いばかりの二十五枚の金貨と、抜け落ちた牙の欠片《かけら》、そして美しい真紅《しんく》の毛皮をその場に残す。

「え、なにこれ……」

俺自身が一番呆気《あっけ》に取られていた。

武器の力ではない。明らかに俺そのものが強くなっていないと、こんな立ち回りにはならない。感覚も、腕力も、瞬発力も、まるで自分じゃないかのようだ。

理屈を考えてみる。

えーと、つまりだ。魂の火を生んだことで俺の体力は一時的に半分になったが、自然治癒力《ちゆりよく》を高めるブローチの効果であっという間にフル回復した。その状態で半分の体力を戻したということは、すなわち元よりも生命力が五割ほど増しているわけで……。

「……ってことは……」

まとめると、今の俺は生命力が過剰《かじょう》になって身体機能がブーストされているようだ。

ちょうどミミが使える促進《そくしん》魔法にかかっている状態と同じようなものではなかろうか。

俺は一度血を抜いてから、不足していた赤血球が再生産されてきたところで血を戻すという、スポーツ界で完全にアウトになっている行為を思い出した。

もっともそのスーパーマンモードは長続きはしなかった。溢れていた体力は二分ほどで収まるべきところに収まり、凡人の俺に戻される。

自動攻撃に、簡易のダミーに、一時的なバフか。

武器としての性能ではこれまでの相棒に比べて数段劣るが、今までになくテクニカルな用途を持った剣であることは間違いない。

気を入れ替えて、再度魂の火を展開。残る魔物の全滅を目指す。

弱めの武器だとは思うが、その分楽しくはあった。ただ力任せにブンブン振り回せばいいってもんじゃなく、戦局を加味して使いどころを見極める必要があるので、脳をフル回転させなければならない。

もっとも、俺にそんなふうに思わせてくれるのは……。

「主殿！　ここは自分が引き受けます！」

「家族全員分のスポンジケーキをふっくらと焼き上げるための火！」

少しでも危なくなったらホクトが身を挺《てい》してかばってくれ、攻撃の主軸はミミが担《にな》ってくれるからだろう。

もし俺一人だけだったら、こんな悠長《ゆうちょう》な武器で戦ってはいられない。

最後に残った個体を葬《ほうむ》ったのも、自慢の魔術師であるミミの放つ炎だった。

「……ふう」

やっとすべてのレッドタイガーを倒し終えられたことに一息つく俺。

その安堵の輪はパーティー全員に広がって……と思いきや、リルハだけがまだ弓に矢を番《つが》えたままにしている。

見ると、高速で空を飛ぶ鳥型の魔物を次から次に射貫《いぬ》いているではないか。

曲芸のようですらある。物珍しい事柄《ことがら》が好きなナツメなんかは「凄いですにゃ！」と大はしゃぎだ。一体どんな動体視力をしているんだよ。

「イタチは自然界きってのハンター、か……」

汗ひとつかいていないリルハの涼しげな横顔を見やる俺は、それが誇張《こちょう》ではないことを存分に思い知らされた。


森林で活動することおよそ六時間。

目を見張る成果が得られた。数種類の毛皮素材も大量だが、そんなものはちょっとしたオマケに過ぎない。今日一日で革袋に詰めこめることができた金貨の総枚数は……なんと千枚を大幅に上回り、金額にして約一三〇万Gの収益となった。

ただ適当に森の中をうろついていただけでは、この半額程度がやっとだっただろう。しかしながら新戦力のリルハがエンカウントしていない魔物までバンバン仕留めていってくれたおかげで、結果ここまで稼ぐことができたってわけだ。

「初めての戦闘でここまでやってくれるとはな。マジで驚かされたよ」

俺はリルハの頭に、本日の殊勲賞《しゅくんしょう》としてポンと手を置いた。

変わらず無表情を貫いていたリルハもさすがに照れくさそうに目線を左下に逸《そ》らし。

「あ、ありがとうございます、マスター」

と小さな声で言った。

たった一日だが、俺はもうこいつの才能に惚《ほ》れこんでしまった。こんな最高の奴をスルーし続けていただなんて、この町の連中はもったいないことをしたもんだ。

まあ、何事も適材適所ってことだな。こいつの射手《いて》としての適性は素晴らしい。

ホクトもそうだったが、仕事にやりがいを与えるとモチベーションになってくれる。今後の働きにも大いに期待できそうだ。

で。

町へと帰還した俺たちは、まず真っ先にギルドに寄る。

いらない素材を引き取ってもらうためだ。こんなに大量に毛皮を持っていたところでかさばるだけだし、あと、夜な夜なノミが湧《わ》いてきそうだし。

「かなりの数を集めたもんだ。見た目と違って、冒険者としての腕は立つようだな」

「まあな。ただ『見た目と違って』は余計だ」

ギルドマスターのおっさんが一枚一枚鑑定を行っていく。

……と。

「んん？　こいつは……！」

あるところで手が止まった。

おっさんが厳しい面構《つらがま》えで目を凝《こ》らして見つめているのは、あの時レッドタイガーが落とした真紅の毛皮である。一見すると他と大差ないように思えるが。

「それがどうかしたのか？」

「どうかするさ。こいつがあるということは、虎の魔物を倒してきたんだよな？　実はあの魔物は稀《まれ》にしか毛皮を落とさない。ドロップアイテムの大半は牙だけなんだよ」

「へえ、そいつはラッキーだ。ちょっと嬉しいじゃねぇか」

俺のスキルは貨幣《かへい》にしか発揮されないから、素材の質まではよくしてくれない。ということは今回はリアルラックがよかったわけだ。

「珍しいってことは、防具にしたら性能もよかったりするのか？」

「いや、これを使って装備品を作っても大したものにはならんぞ。革には鞣《なめ》しづらいし、したとしてもそれほど丈夫なわけじゃないからな」

喜んで損した。だったらいらないんだけど。

「ただこの毛皮は高く売れる。希少性ってのはそのまま高価値と言い換えてもいいくらいだからな。見た目も綺麗だし、ガウンやティペットにするにはもってこいだ」

要は、金持ち連中が欲しがるものなんだよ、とおっさんは語る。

「高く売れる、と言われてもなぁ……」

正直その手の話は間に合っている。

だったら自分で持っておいたほうがマシだな。一応はレアな素材だし。

俺はそんなことを考えながら、残るすべての動物素材をギルドに納品した。

服飾関係が充実している町だし、どうせならこれらの素材を持ちこんで自分たちの衣服を作ってもらうのも悪くないだろう。けれど明日からまたひたすらに金を稼ぐ日々が待っているのだから、その過程でどうせ手に入る代物《しろもの》を抱《かか》えていてもしょうがない。

必要な時に必要なだけあれば十分だ。

それよりも、まずは今後に向けた資金。

リルハという探索面ではこの上なく心強い仲間も増えたことだし、五人の大所帯になったんだから、それ相応に貯蓄を増やしていかないとな。

果たして金持ちの集《つど》うこの町で、冒険者の俺はどれだけ稼げることやら。

「……なんか、変な言い方になっちまったな」

ふと自嘲《じちよう》がこぼれる。まるで水と油かのように両者を分けて言ったが、俺もまたこの町に集っている金持ちの一人なんだからな。

玄霊鉱のファルシオン

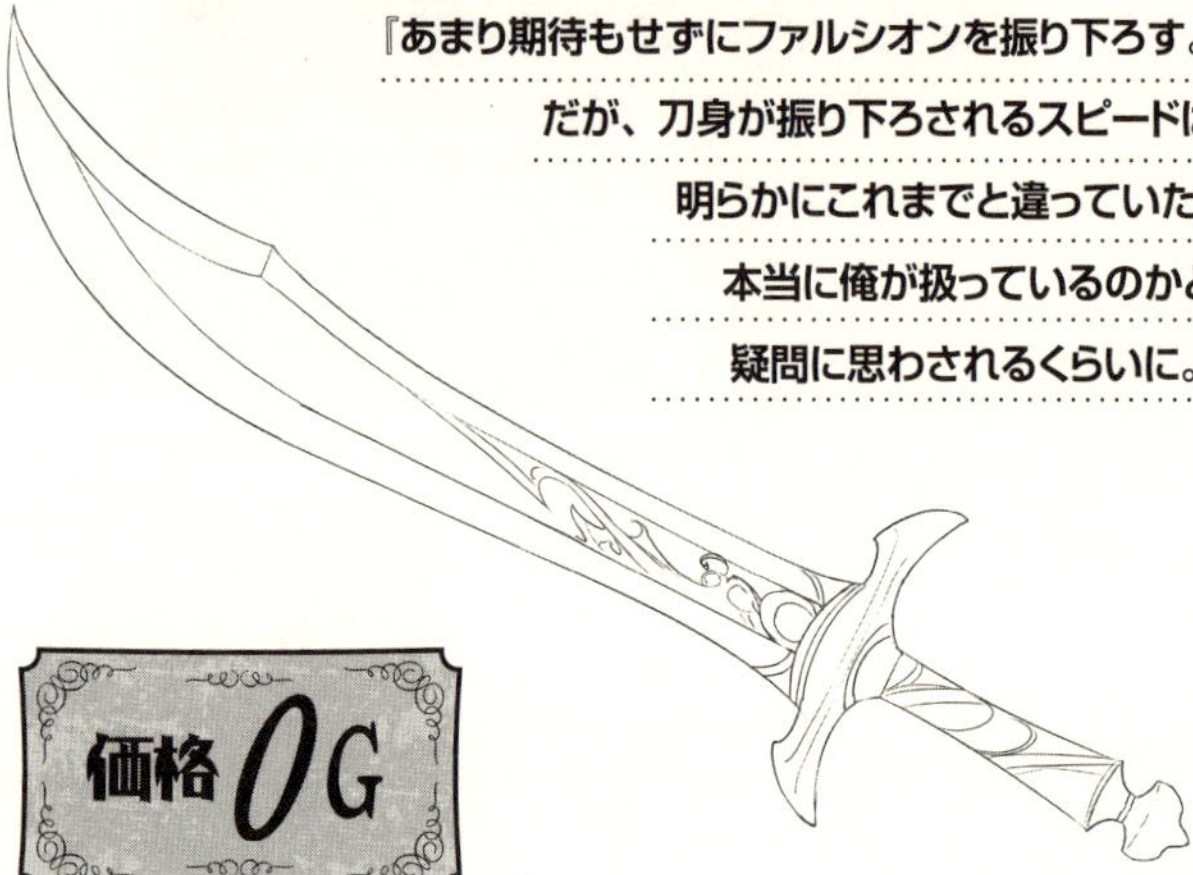

『あまり期待もせずにファルシオンを振り下ろす。
だが、刀身が振り下ろされるスピードは
明らかにこれまでと違っていた。
本当に俺が扱っているのかと
疑問に思わされるくらいに。』

価格 0G

やや分厚く、先端部が幅広なこと以外には特徴のない、オーソドックスな片手剣。魔物の影響を受けて突然変異的に生成された武器であり、その六〇センチメートル前後の刀身は、火属性のレアメタル『玄霊鉱』へと変化している。剣としての性能は特筆すべきものはないが、所有者の生命力を分割することで生じる追加効果『魂の火』は、相手の体力を吸収する自律攻撃、敵の注意を分散させるデコイ、体力の一時ストック、暗所における光源としての利用……などなど、様々な機能を内包している。なお、自然治癒力でインチキをしているシュウトの場合、バフ効果まで持ててしまった。

Episode.7

俺、仕立てする

住めば都、とはよく言ったもので、一週間もしないうちに不夜の町オートベルグでの生活にも慣れてしまった。

富裕層を対象に商売するということは、当然それに見合った品質とサービスが求められるわけで、この町の商業施設の充実には瞠目《どうもく》するものがある。

その代表とも言えるのが、大通りに面したレストランのレベルの高さだ。

畜産の町と海辺の町に挟まれているということは、つまりうまい肉とうまい魚の両方にありつけるということ。

食材の時点で一級なのに、舌の肥えた金持ちたちを唸《うな》らせる料理人が腕をふるっているんだから、もう入店しただけで勝ったも同然である。

特に、十種類以上の色のレンガをアトランダムに組み合わせて建てられた、見た目からしてハイセンスな（なお、俺は自分の理解の及ばないものは総じてハイセンスと呼ぶことにしている）店の料理は凄《すご》かった。

前菜からして仔牛の胸腺《きょうせん》とかいう、どこにあるんだかすらよく分からない部位の肉のフライを乗せたサラダが出てくるんだから、開幕から驚かされる。

ぷりんとした食感が心地よいそれに舌鼓《したつづみ》を打っていると、今度は胃に優しいかぶの甘口ポタージュに、レバーのペーストが添えられた薄切りのバゲットが。

続けて運ばれてきたのは魚料理だったのだが、これがまたとんでもない。

赤身魚の大きな切り身でパンチェッタと香味野菜を挟みこみ、それを分厚いパスタ生地《きじ》に包んでオーブンにぶちこむという、パッと見ダイナミックな、しかしその実繊細な火加減で蒸し焼きにされたその料理は、すこぶるうまかった。

火が通っているのにパサパサしていなくて、口当たりに気品があり、パンチェッタの脂《あぶら》の旨《うま》味《み》がまんべんなく染《し》み渡っている。この一品は赤身は生で食うものだと決めつけていた節《ふし》のある俺を、大いに感動させてくれた。

ただ、この魚が俺のよく知るマグロであってくれたかは、ついぞ明かされることなくコースが終了してしまったのは懸念《けねん》といえば懸念ではある。

……と、例に出したのはたった一軒だけではあるが、このレストランに負けず劣らず繁盛《はんじょう》している店がいくつもあるということを鑑《かんが》みれば、その水準は推《お》して知るべし。

もちろん相応の金は取られるが、そんなものは俺にとって些細《ささい》なことだ。

鳥獣の楽園と化している森林で六、七時間活動して得られる報奨《ほうしゅう》の総額は、日によって多少バラつきがあるが一〇〇万から一四〇万Ｇほど。

リルハが加わったことで稼《かせ》ぎの能率は飛躍的に向上していた。

発見したそばから魔物を射貫《いぬ》いていってしまうので、一体倒すまでの所要時間が極めて短い。

かつ、これまでだったら見逃していたであろう獲物《えもの》まで仕留《しと》めてくれる。

遠くの敵をリルハが請《う》け負《お》ってくれる分だけ、俺やミミは正面の相手に専念でき、討伐《とうばつ》ペースは単純に倍。

ここに滞在している間、かなりの貯金を積み上げられそうな予感がしてならない。

避けるべき小道と路地を記した町内地図をギルドマスターのおっさんから譲ってもらってからは、治安の悪さという負の側面もさほど気にならなかったし、そもそも陽《ひ》が落ちた後の俺は仕事疲れを癒《いや》すべく宿のベッドに寝転がるだけなので、不利益は特にない。

いい町だ。純粋にそう思う。

「だったらこの町で暮らせばいいじゃないですか」

オートベルグでの滞在が二週間を過ぎた、とある日。

探索帰りに皆でギルドのラウンジで駄弁《だべ》っていると、たまたまヒメリを見かけたので軽く話しこんでいたのだが……。

唐突にそんなことを、なぜか不満そうな口ぶりで言い出してきた。

「シュウトさんは大富豪なんでしょう？　新しくそちらのスリムな方を雇うくらいですし」

ちょこんとソファの隅に座ったリルハを差して言う。

「お似合いの町じゃないですか。お金持ちは収まるところに収まるべきだと思います」

「それはいいんだが、なんでそんなにツンツンしてるんだよ」

「別に。平素と変わりませんが」

唇を尖《とが》らせて、ぷいっとするヒメリ。

依頼人もまた高所得者揃《ぞろ》いなだけのことはあって、ギルドには七〇〇〇～八〇〇〇Gが当たり前の高額報酬クエストがいくつも出ており、常日頃から俺に宿泊費に関する愚痴《ぐち》をこぼし続けているヒメリも珍しく不自由のない生活を送れている。

なのにすねている意味が分からなかった。

……いや、ひょっとして。

「ははあ、なるほどな。オートベルグを気に入った俺が『旅はここで終わりだ』と言い出さないか心配してるってことか」

「なっ!? そっ、そんなはずがないでしょう！」

顔を真っ赤にし、大げさに手を振ってノーの意志を示すヒメリだったが、全力で否定すれば否定するほど図星だと吐露《とろ》しているようなもんだ。

俺に冒険者として先を行かれたくない、という目的でついてきたヒメリだが、なんだかんだでこいつも旅を楽しんでいたのだろう。

まあ、各地のうまいもの巡りができたというのもあるかもしれないが。

「わ、私はあくまでも、不本意ながらも目標とさせていただいてる以上、もっと冒険者らしい心構えを持っていただきたくてですね……」

まだブツブツ言っている。顔は赤いままだ。こいつより胸の内を隠すのを下手《へた》な奴がこの世に存在するのかってくらいに。

ただヒメリの言葉に思うところがないわけではない。

一介の冒険者らしく、なんて考えたことは一瞬たりともない。こちとら二度目の人生を自分の好きなように生きたいだけである。かといっていざこの町の裕福な人間のように資産に見合った振る舞いができるかというと、それはそれで息苦しさを覚える。

俺はどちらの立場につくべきなのだろうか？


そんなふうに考え始めたのは、なにもヒメリだけがきっかけではなかった。

「このところ、よくお見かけしますな」

初老のおっさん——とぞんざいな呼び方をするには少々渋すぎるロマンスグレーの人物が話しかけてきたのは、ちょうどその日のオークションが終わった直後のことだった。

町唯一《ゆいいつ》の娯楽といってもいいアランの競売場には、他にやることもないのでオフの日には欠かさず通っていた。

目当てのものが出品されることはめったにないが、それでも珍品や逸品《いっぴん》を観覧するのは暇潰《ひまつぶ》しとして上等すぎるし、たまに自分が参加する競《せ》りには燃えるものがある。

そのためか、何人かには顔を覚えられたらしい。

「申し遅れました。私はこの町で商会を開いているホフマンと申す者です。……いえ、私の名前なぞ覚えていただく必要はもちろんないのですが、一応の礼儀として」

ホフマンと名乗った男は、貴金属と宝石を専門に扱う豪商だという。貴重なアクセサリーが出品された際は大体この男がさらっていたので、俺も少しは記憶にあった。

また、他の客の様子から判断するに、周りから一目置《いちもくお》かれていることも。

町を牛耳《ぎゅうじ》る商業ギルド内でも指折りの有力者だと知ったのはギルドにいる冒険者連中に詳しい話を聞いてからだが、俺は既《すで》にこの時点で、恭《うやうや》しくお辞儀をするホフマンがかなりの『やり手』であることをひしひしと感じ取っていた。

立ち話が長引くかもしれないと察した俺は、ついてきていたミミたちに競売場の外で待つように告げる。が、ホクトは一人だけ「侍《はべ》らさせてください」と言い張り、俺のやや後ろで唇をぎゅっと結んで待機していた。こいつらしいといえばこいつらしい。

さて、本題。

「俺になんか用か？　最初に断っておくけど、セールスならお断りだぞ」

「いえいえ、滅相もない。時と場所も選ばずにそのような無躾《ぶしつけ》な真似はしませんよ。私が商人として厚かましく振る舞うのは、あくまで仕事中だけの話です。今日は一人の束《つか》の間《ま》の休暇を楽しむ老人として、あなたと是非《ぜひ》お話がしたく」

俺にはこの男がオークションに参加しているのは商売の一環としか思えなかったが、それはそれとして。

「慮外《りょがい》な振る舞いを承知で、用件から先にお伝えしましょう。あなたに私ども商会が開催するパーティーに出席していただきたいのです」

ホフマンはそう、バリトンを響かせて言った。

「実は名士の方々を集めた舞踏会を九日後に開く予定でして。勝手ながらそれにふさわしいと判断した方には、こうしてお声をかけさせていただいております」

いつの間にやら俺の手には招待状が握らされている。

話の流れの中で、自然に渡されていたようだ。あまりにも違和感がなさすぎてまったく気がつかなかった。これが一代で富を築いた交渉術の片鱗《へんりん》だとしたら恐ろしい。

招待状の裏には会場となる施設の名前が書かれてあった。ここに来るまでの路地で見かけた名前だ。ちょっとしたホテルみたいなデカさの館だったはず。

「いや、でもだな」

急な話に困惑《こんわく》しながらも、俺は当然の疑問をぶつける。

「俺のどこが名士なんだよ。そのへんにゴロゴロいる冒険者の一人だぞ」

「ご謙遜《けんそん》を。あなたは……いえ、『ディスカバリー・ハンター』シュウト様は、新種の生物『ランタニア・デル・ベネヒトリクス』の発見者ではありませんか」

「ラン……なんだって？」

何語だそれは。

馬鹿にされてるのかと一瞬思ったが、該当《がいとう》部分の前、俺の名前の頭についていた小《こ》っ恥《ぱ》ずかしい称号からの連想で合点《がてん》がいった。

「あー、あれか！　リステリアで遭遇した……」

グロい地底魚。

今でもたまにあのブサイク面《づら》を思い出してはえずきそうになることがある。

「彼《か》の発光体は巡り巡って、こちらの競売場に出品されたのですよ」

「へえ、そうだったのか。世界って狭いもんだな」

「ランタニアは観賞用としても人気の魔物。その突然変異種の発光体ともなれば、珍しい物品に餓《う》えた好事家《こうずか》たちは放っておきません。事後ではありますが、いい値段で落札されたと報告しておきましょう」

どういうリアクションをすればいいんだ、そんな話を聞かされて。

「まあ喜ぶ奴がいたってんならいいんじゃないかな。けど、なんで公《おおやけ》にしてもないのに俺がその発見者だって分かったんだ？　大体俺の名前だって……」

「それはもう、お話しする機会を得る前に、僭越《せんえつ》ながら調べさせていただきました」

ホフマンは胸に手を当てて、軽く一礼をする。

四人もの奴隷を連れているからきっと名のある冒険者に違いないと、そう踏んで秘密裏に身辺の調査を行ったんだとか。

割とすぐに俺の履歴は判明したとのこと。このへんは集めた名声のデメリットか。

顔役をやっていると情報網も相応の広さがあるのだろう……と納得しかけたが、よく考えたら冒険者ギルドに行けば一発で分かるじゃん。ランクや称号を載《の》せた通行証を一番最初に見せているから、それらはギルドマスターのおっさんも把握してるし。今までも俺のプライバシーって割と筒抜けだったのでは。

「更にはその宝石。鉱山街ジェムナでしか採《と》れない希少な鉱物とお見受けします。経済力の面でもシュウト様が出色であることを裏づけるには十分すぎるでしょう」

ブローチについても言及される。

アラン同様、プロの目から見れば価値は即座に知れるらしい。

「……と、そういう次第でして、シュウト様には是非とも舞踏会にご参加していただきたいと私どもは考えております。無論、会費などは一切不要。シュウト様は集会の格を高めるためのゲストという扱いですので」

「舞踏会って言ってもな……俺にそんな資格あるのか、本当に」

漫画か、もしくは演劇の世界でしか聞かなかったような単語だ。「格式？　なにそれおいしいの？」な俺がその舞台に立つと言われても、ちょっと想像がつかない。

「余りあるほどですよ」

それでもホフマンはヨイショを絶やさない。

「出席の心積もりがおありでしたら、その招待状を持って当日会場にお越しください。それでは、私はこのあたりで。またお会いできる日を楽しみにしておりますよ」

深々と低頭したホフマンはその台詞《せりふ》を最後に、会場外へと消えていった。

残された俺は手元の書状を、何度も引っくり返しながら眺める。

「凄《すげ》ぇ話がきたもんだ」

思うに、商売の取引相手でもある参加予定の成金たちに、俺を紹介したいという狙《ねら》いもあるのだろう。競売場で話題になった珍品の出所が俺だと知れば、きっと好奇の目で見られるだろうからな。お得意先の機嫌を取るのも、商人の務めってことか。

そんな打算を汲《く》んだ上で、俺はしかし、出席する方向で考えていた。

俺はいずれその日暮らしな冒険者生活をリタイアし、資産家としてミミたちと共にのんびり余生を過ごすことになる。

その時を迎える前に上流階級の人間が集《つど》う、いわば社交界で顔を売っておくのは、アリかナシかでいえば、アリ、だろう。

どうせ、いつかは世話になることだろうしな。


話は今に戻る。

最後までふてくされたままだったヒメリと別れた俺たちは、宿へと直行。

……ではなく、夕食のパンと厚切りベーコンを買いこんでから家路《いえじ》についた。高いレストランで食う飯もうまいが、庶民《しょみん》の味方のパン屋もそれに負けはしない。

購入した飯はなにも俺たちのものだけではない。

忘れてはならないのがビッグブルーだ。軒下《のきした》に繫《つな》がれたそいつは、帰ってきた俺の顔を見るなりギロリと目を動かし、さも「遅いぞノロマ」とキレているかのようである。

朝と昼の餌《えさ》やりは宿の主人に頼んでいるが、夜の面倒はこちらの仕事。

といっても俺から餌を受け取ることはまずないので、もっぱらナツメ頼みなのだが。

「ほーら、ごはんですにゃ！　いっぱい食べてもっともっと大きくなるにゃ～」

ふんふんと鼻歌交じりで楽しそうに干し草を与えるナツメ。

しかし当のビッグブルーは食う量こそ半端《はんぱ》ではないものの、あまりうまそうには味わっていない。少し嚙んだらすぐに飲みこんでいた。

これは以前からのことだ。どうにもこの町で売られている草は酸っぱすぎるらしい。

いや別にビッグブルーの口から「酸っぱいんだよアホ」と文句が出てきたわけではないけども、表情を見ていたらなんとなく訴えたいことが分かった。

これが意志の疎通《そつう》ということなのか。でもさっきから伝わっているのはよく考えたら愚痴だけだな。それはそれで嫌な気もしてきた。

手のかかる仲間に腹ごしらえをさせたところで、ようやく宿泊中の部屋に。

部屋の中央にはどーんと、ダブルサイズのベッドが鎮座していた。

新しく五人部屋を借りるのが手間な上に宿主に悪いので、何を隠そう、将来屋敷に運び入れる最上級ベッドを三五万一九〇〇Gで落札したのである。

いやいや町出た後で邪魔になるだろ、という指摘はもっともだが、今の俺にはビッグブルーがいる。あいつの馬力なら余裕で運べるのは間違いない。検問所前の野営地で、寝心地抜群のベッドの上で眠る。なかなかリッチな旅だとは思わないかね。

おかげで部屋は一気に狭くなってしまったが、どうせベッドが椅子やソファの分まで俺やミミたちの尻を硬い床から守ってくれるのでさしたる不都合はない。

問題は、明らかに部屋のドアの幅よりでかいということ。

ほとんど密室トリックである。

どうやって搬入《はんにゅう》したのかというと、業者の人間……まあ魔法屋の親父なのだが、そいつに頼んで空間魔法による短距離間転送を行ってもらった。

高品質の羽毛をふんだんに用いた布団に、綿と綿の間に空気を絶妙に含んでふかふかと柔らかいマット、多少のことではびくともしない丈夫な木材、好みで天蓋《てんがい》を取りつけられる拡張性の高さ、ついでに優れたデザイン性――と完璧な一品だ。

しかし、この楽園に寝転がれるのは晩飯を食ってからの話。

テーブルの上に本日の戦利品、もといパンとベーコンを乗せた皿をワイングラスとセットで並べる。炭水化物、タンパク質、脂質《ししつ》。よし全部あるな。パーフェクトだ。

「シュウト様、お野菜もちゃんと食べましょうね。シュウト様にはいつもいつまでも健康でいてほしいですから」

にこっとミミは紙袋の中から生で食べられる野菜の束を取り出した。

ぐっ……やはり俺もまた植物を胃に入れる運命からは逃れられないのか。

しかし肉食動物ペアであるリルハとナツメなら……。

「ミミさんと同意見です」

「ですにゃ」

全然好き嫌いがなかった。いやほぼ毎日一緒にいるから知ってたけど。

茶番はいいとして。

「さあ、一日を締めくくる大事な晩餐《ばんさん》であります！　しっかりと精をつけ、明日への鋭気を養いましょうぞ！」

奮《ふる》い立ったホクトの一声はちょうど「いただきます」と同じ役割を果たした。

全員でテーブルを囲む、いつもの食卓。

ワインとパンは俺の血と肉、生命線といってもいい。腹も膨《ふく》れ、軽く酒も入り、すっかりリラックスした空気が流れると、頃合いを見て俺は切り出す。

「この前話してた舞踏会のことなんだけどさ」

四人全員が俺のほうを向く。主催者のホフマンから誘われていることはその日のうちにみんなに明かしていたので、そこに驚きはない。

ただ答えだけを先送りにしていた。

……いや、違うな。なんとなく口にしづらかっただけで、ヒメリにそそのかされたことさえも関係なく、自分の中ではとっくに答えは出ている。

だからそれを、そのまま告げた。

「いっちょ出席してみるつもりだ。もちろんお前らも連れて、な」

「お、おおー！」

俺の宣言に真っ先に喜びを露《あらわ》にしたのはナツメだ。両手を上に突き出して、トレードマークの八重歯《やえば》がはっきり見えるくらいに破顔《はがん》し、分かりやすく歓喜している。

「お金持ちの集まるパーティー、ぜひぜひ覗《のぞ》いてみたかったのですにゃ！　どんなワクワクで満ちていますかにゃ～」

未体験のイベントに思いを馳せているのか、斜め上に視線を滑らせるナツメ。

「そんなに待ち遠しいか？」

「もちろんですにゃ！　ご主人様に拾われてからの暮らしは刺激たっぷりで、一時《いっとき》も飽きることはなかったですけど、今回は特別首を長くしてしまいますにゃあ、うんうん」

頬についたパンくずを気にもせず、天真爛漫《てんしんらんまん》にウキウキとした表情がいつまで経《た》っても続いていた。

　それとは対照的に、ホクトはやや緊張した面持《おもも》ちだ。

「じ、自分がそのような格式高い場にいていいのでありましょうか。粗忽者《そこつもの》ゆえ、主殿《あるじどの》の顔に泥を塗ってしまわないかと全身が硬直する思いであります」

「そんなしゃちほこばるようなもんじゃないだろ。気楽に臨《のぞ》むつもりだぞ、俺は」

「ですが自分は見ての通り、その、女性らしさとは程遠い者でありますから……」

「なんだ、そんなことを気にしてんのか？　ホクトは長身でスタイルもいいし、バッチリ着飾れば馬子《まご》にも衣装なんてレベルじゃ済まねぇ。絶対似合うぞ」

　お世辞でもなんでもなく、率直な感想として言ったのだが、ホクトは手を振って「とんでもありませぬ！」と照れを全力で隠そうとした。が、こいつもまた心情を包み隠すのがとんでもなく下手《へた》くそなので、顔全体が火が出たように紅潮《こうちょう》していた。

　しかしながら問題点を挙げるとするなら、この五人の中で誰もファッションについて知識のある人間がいないということだな。

　舞踏会に着ていくべき服というものを持ってもいないし分かってもいない。

「明日買いに行くか。服飾店なんてここには掃いて捨てるほどあるしな。裁縫工房に頼んでイチから仕立てたんでもいいいな、せっかくだから」

　ってことで、予定はトントン拍子《びょうし》で決まった。

一度軌道《きどう》に乗ってからはあっという間に話が進んだ。なにをくだらないことで悩んでたんだと笑ってしまうくらいに。

冒険者だの高所得者だの、そんなのはどうだっていい。

重要なのは俺だ。俺がやりたいようにやるだけのことに、いちいち『立場』とかいう余計なしがらみが出しゃばってくる必要はない。

そう吹っ切った俺を、ミミは優しい瞳をして見つめてきていた。

大きな反応こそ見せなかったミミだが俺の目には、ほろりと酔った顔つきのせいもあるだろうが、一番嬉しそうにしているように映った。真っ白い山羊《やぎ》の耳がぴょこぴょこと跳ねるように動いている時のこいつは大抵上機嫌である。

「社交界デビュー、ですね」

「まあ、形の上じゃそういうことになるな」

「大きな晴れ舞台ですから、シュウト様には素敵なお召し物に着替えてほしいです」

とは言われたものの、ぶっちゃけ俺の着る服は適当で構わない。

どちらかというと四人の衣装に重きを置きたいところだ。いかにこいつらが最高の女たちかを見せつけてやりたいし、なにより俺が見たい。結局そこに尽きる。

特に「戦うしか能がない」と不名誉なレッテルを貼られていたリルハには、見返してやる意味でも綺麗なドレスを着せてやりたい。

……。

でも『綺麗なドレス』って、ざっくり言ってはみたけど一体どんなんだ。

「店員に丸投げするしかないか……や、待てよ」

女性物の服を選《え》りすぐるなら、女性のアドバイザーがいてくれたほうがいいのは明白。

俺のよく知る女なんて他に一人しかいない。

それに、話しておくこともある。


翌日構想通りに訪れたブティックは、シルクのドレスが飾られたショーウィンドウからして瀟洒《しょうしゃ》な気配で溢《あふ》れていた。扉をくぐると、りいん、と小さく鐘《かね》が鳴り、この店が雰囲気作りに力を入れていることがうかがえる。

小洒落《こじゃれ》た外観、木目を活《い》かした趣《おもむき》のある内装、それらにも確かに惹《ひ》かれたのだが。

やはりなんといっても品よく陳列《ちんれつ》されたドレスの数々に着目せざるを得ない。

スカートの裾がふわっと広がったゴージャスなドレスは基本として、ボディラインを強調するタイプのスリット入りのドレスや、首の後ろでストラップを結び、肩と背中を大きくアピールするドレス、更には襟《えり》ぐりがごっそりカットされて肩どころか胸元まで露出した、エロスの極みみたいなドレスまで、広々とした店内に所狭しと並べられている。

もちろん紳士服もあるにはある。あるが、ドレスが放つ煌《きら》びやかさの前では、刺身に添えられたツマくらいの存在感しかなかった。

女子一同、キラキラとした目で華やかな衣装を眺めているが、その中に交じって。

「夜会服まで充実しているのですね……さすがは眠らない町オートベルグ」

ヒメリもいた。

いた、といっても偶然居合わせたわけではない。

「シュウトさんの名義で『一緒にお買い物』などという無茶苦茶な依頼が出ていたから、もしやとは思いましたが……こういうことでしたか」

おまけに『ヒ』で始まって『リ』で終わる名前の人というあまりにもピンポイントな受注制限を設けていたので、何事かと速攻で駆けつけてきたとはヒメリ本人の弁。

狙いが伝わりやすくて助かる。

要するに、ドレス選びを手伝ってもらいたい、って魂胆《こんたん》だ。

「でも、さすがに報酬欄に『素敵な一時《ひととき》』と書くのは思わせぶりすぎませんか？　ご馳走《ちそう》してくれるということでしょうけど、あんなの私しか意図をつかめませんよ」

「意味が分からなければ分からないほど、気になって来てくれると思ったからな」

「くっ、行動パターンが把握されているようで少々複雑ですが……」

それより、と話題を修正しようとヒメリは咳払《せきばら》いをする。

「最初に断っておきますが、私もそれほど詳しいわけではありませんよ」

「だろうな。そうだとは思ってた。剣のことしか知らなそうだし」

「じゃあなんで私を頼ったんですか！　冷やかしなら帰りますよ」

「人の意見ってのは大切だからな。それに、俺よりはずっと知識があるだろ？　自慢じゃないがこっちはモードとかドレスコードとかいうのも全然分かってないからな」

「本当に自慢になってませんね、それ」

「だから俺は今回は乙女としてのお前に期待したいんだよ」

「ちょ、調子のいいことを言いますね」

珍しく女扱いされてちょっと嬉しかったらしい。

「……こほん。私も報酬をいただける以上は尽力《じんりょく》しますが、あまり過度にアテにはしないでくださいよ」

「おっ、受けてくれるのか？」

「私にとっても後学のためになるでしょうから、悪くない依頼であることは認めます。そ、それにですね、私だってドレスを見学するのは、これでも楽しく感じるんですよ」

そう本音を口にするのを妙に気恥ずかしそうにしたヒメリだったが、ともあれ、引き受けてくれるんならありがたい。

改めて吟味《ぎんみ》に入る。

「どうします？　シュウトさんの礼服から選びますか？」

「いや俺は後回しでいいよ。まずは、ミミからだな」

しおらしくしていたミミの両肩にポンと手を置いて、前に出す。

まだ少しあどけなさの残る可憐《かれん》な顔立ちに、男を惑《まど》わす魔性《ましょう》のボディを併《あわ》せ持つミミは、天使と悪魔が手を取り合ったようなもので、いわば奇跡である。

そんなミミに似合うドレスとなると……。

「やっぱり体の線が分かったほうがいいのか？　いやでも、そんなあからさまな真似しなくても十分に魅力的だしな……もっとこう、淑女みたいな……」

結論が出せそうにないので、ミミ自身の希望について尋《たず》ねてみる。

「ミミはシュウト様が気に入りました姿を、お披露目《ひろめ》したいです」

そう答えるとは思った。

「見せつけてくれますねぇ」

バカップルを見るような目と苦笑いで茶々を入れてくるヒメリ。

「ミミさん本人がそう言っているのですから、ここは男らしくシュウトさんがビシッと決めるべきでしょう。私が口を挟むのは無粋《ぶすい》というものです」

「俺が決めるっていってもなぁ……」

悩んだフリをするが、実際のところはもう目星をつけている。

ショーケースにディスプレイされた一点物のドレスに、ちらりと目をやる俺。

さっきからあの服ばかりが俺の視界に入ってくる。腰元から裾《すそ》にかけてぶわっと大きく広がったスカートの、ボリュームのある丸々としたシルエットが特徴的だ。

お姫様が着るようなドレス、とでも呼べばいいのか。

腰の部分がコルセットのようになっており、魅惑《みわく》的なミミのウエストラインがしっかりと映《は》えるだろう。

無垢《むく》すぎるピンクのカラーリングも、むしろかわいらしいミミに似つかわしい。

「ボールガウンドレスですか。シュウトさんとは思えない、いい目の付け所ですね」

「嫌味かそれは」

「素直に所感を述べたまでです。確かに舞踏会といえば、私の知る限りでは、このタイプのドレスが定番みたいですが……どうしてこちらに？」

「どうしてもなにも、似合うと思ったからだよ」

ヒメリには短い言葉で返答したが、理由はそれだけじゃない。

単純に、ウェディングドレスみたいだな、という第一印象に従ったまでだ。

「ミミが、これを着るのですか？」

ぽーっと指定されたドレスを見やるミミは、朱の差してきた顔をいじらしく覆《おお》って。

「どうしましょう。なんだか、とてもとてもドキドキしてきてしまいました」

と、俺のほうがドキドキするようなことを言い漏らした。

さて、次は。

「ホクト。お前の分を選ぶぞ」

「……はっ。じ、自分でありますか」

「当たり前だろ。お前は背が高いからなぁ、ぴったりのサイズの服があるといいけど」

店内をざっと見回ってみる。

が、残念ながらホクトの体格にあった婦人用のドレスは見当たらなかった。

「まあ、だからなんだって話だな」

ないならイチから作ってしまえばいい。予算は十分すぎるほどにあるのだから。

ってことで、オーダーすることに決める。

店員によるとシンプルな作りのものであれば、デザイン期間含め、魔法の補助ありで三日もらえれば完成するとの話。全然舞踏会当日に間に合うな。

「恐れ多いであります！　自分のような者にそこまでする必要は……」

「お前がよくても俺がよくないんだよ。女のお前につんつるてんの服を着てパーティー行かせるなんて、俺の沽券《こけん》にかかわるだろうが」

それに繰り返しになるが、着飾ったホクトというのも一度見てみたいからな。

ただこの中でダントツで大人びた容姿のホクトの場合、お人形さんのように、という感じでは様にならない。とびきり格好良く、シックに決めたいところだ。

「そこでヒメリの出番になるわけだな」

「結局私頼りになるんですね……いいでしょう。ひとつ提案させていただきます」

ヒメリはなんだかんだ拙《つたな》い知識なりに乗ってきたようで、指を立ててフフンと得意げな顔を浮かべていた。なんかポーズも表情もデコピンをくらわしたくなるような絶妙なウザさではあったが、今は教えを賜《たまわ》る側なのでおとなしく拝聴する。

「ホルターネックの夜会服ですと、ホクトさんの、その、同姓から見て嫉妬《しっと》してしまうほどのプロポーションを引き立ててくれて、ちょうどよいかと思います」

「ほう。で、ホルターネックってどれのことだ？」

「これです」

ヒメリが指差したのは、左奥のスペースに展示されていた――清々《すがすが》しいくらいに大きく背中の開いたワンピース型のドレス。

先述していた、首の後ろでストラップを結んで着るタイプの服だ。

ミミに選んだものとは違い、膨らみのない縦長のシルエットが目を引く。

「こっ、これでありますか⁉」

ホクトは眼《まなこ》を丸くし、慌《あわ》てふためいて頭から煙が出そうになっていた。

無理もない。鼻血が出かねないほどセクシーなデザインだからな。

「ふむ、なるほど。これはホクトにうってつけだな。ヒメリもいい趣味してるじゃん」

「シュウトさんの言う『いい趣味』は絶対意味が違いますよね」

ジトーッとした目で見てくるヒメリ。正解だったので、なにも言えない。

「私はただただ、こういう大人っぽいドレスを着こなせるとしたら、それはホクトさんではないかと思っただけです」

一理ある意見だ。スラッとした服を着せるとより一層イケ馬度が増すに違いない。

色は……シンプルに黒にするか。それが一番質実剛健なホクトには似合うだろう。

「この型で仕立ててもらおうぜ。出来上がりが楽しみだ」

「わわわ、分かりました。ええい、ままよ！　主殿がそうおっしゃるなら、不肖ホクト、なんとしても着こなしてみせるであります！」

決心を固めてくれたホクトは、それでもまだ故障中みたいな顔でくらくらきていた。

で、お次はナツメの番。

これは紆余曲折《うよきょくせつ》もなくすぐに決まった。

「ミャーはこれがいいですにゃ！」

ナツメ自身がきっぱりと自分の希望を告げてきてくれたからである。

もっとも、ナツメが飛びついたのはドレスではない。

「なんで燕尾服《えんびふく》なんだよ」

オマケ程度に設置されていた男性向けのコーナーの前で、ナツメは顎《あご》に手を当てて気取ったポーズを見せていた。

「ふっ、ミャーはご主人様の忠実な右腕、すなわち執事《しつじ》としてパーティーに臨《のぞ》むつもりなのですにゃ。まずは形からということですにゃ」

「はあ。だからこれを着たいと」

「ですにゃ！」

カッコつけたがりのナツメらしいチョイスだ。

燕尾服に身を包み、にゃんにゃん言いながら付き従う猫耳少女を想像してみる。

……。

なんというか、世界って平和だなと思わされた。

ただカラーリングに関しては、王道の黒や紺ではなく、青がいいと言って譲らない。

「ビッグブルーの魂を連れていくのが、ミャーの役目ですにゃ」

と、こいつらしい無邪気な理由で。

三人の当日の衣装は選定することができた。残すところは……。

「よっしゃ、リルハ、今度はお前の分もサクッと決めちまおうぜ」

店内を興味深そうに眺めてはいたものの、それまでほとんど自己主張のなかったリルハに声をかける。

俺はある意味、リルハのドレス選びを一番楽しみにしていた。

なにを着てもさらりと着こなしてしまうこいつの一張羅《いっちょうら》を「これ」と決めるのは骨が折れるだろうが、その分自由度も高いし、面白そうだ。

まずはリルハ本人にまとってみたい服について聞いてみる。

「マスターのおおせのままに」

想定してたとおりの返事だった。

まあここまではお約束みたいなもの。ヒメリを交えて相談を重ねることにする。

「さーて、どれにするか……ここは悩みどころだな」

まず最初にミミと同じボールガウンなるドレスを検討してみたが、頭の中でイメージしただけでキュンときた。澄まし顔のリルハがこの絢爛《けんらん》豪華な布の芸術に包まれていると、愛くるしいプリンセスというよりは淑《しと》やかな深窓《しんそう》の令嬢といった感じだろう。

続いてヒメリはスリット入りのドレスはどうかとアドバイスを送ってきた。俺もよく知るチャイナドレスみたいな服だ。

こちらは試着もできるということなので、早速着替えさせてもらう。

「いかがでしょうか」

照れもせず、真顔のままちらりと太ももを覗《のぞ》かせるリルハ。

うーむ、悪くない。決して悪くないのだが、リルハは線が細いからチャイナドレス特有の艶《なまめ》かしさというものはないな。競売場で見かけた時も思ったが、お色気路線はやや苦手かもしれない。

　とはいえこれはこれで清楚《せいそ》な感じがして、発想を転換するとよろしく見えてきた。

「……シュウトさんはなんでもいいんじゃないですか？」

　ヒメリに冷ややかな目を向けられるが、無視。

　次に候補に入れたのは種類も豊富な夜会服。下半身はくるぶしまですっぽりとスカートが覆っているのに、上半身は隙さえあればどこかしらの露出を試みているという、大胆不敵も甚《はなは》だしいドレスである。

　着ている姿を軽くイメージする。やはりモデルがリルハだとセクシーというよりは、格好よさ、スマートさの方向で夜会服に込められた魅力を引き出しそうだな。

　熟慮に熟慮を重ねた末、滑らかな風合いのサテンの生地《きじ》で織られた、袖のないキャミソールタイプの夜会服をリルハにプレゼントすることにした。

　ただ、デザインの面で選んだというよりは、ライトイエローの色合いで選んだというほうが正しい。鮮やかなカラーのこのドレスは、きっと舞踏会に招かれた財産家たちの注目を一手に集めるだろう。

　見違えた姿となったリルハを拝《おが》ませてやらないとな。

「ありがとうございます。大事に着させていただきます」

衣装が決まった後も、感情表現が薄いリルハは変わらずひんやり冷めた顔色で……と思いきや、ほんのわずかに、それこそ一瞬でも目を離したら見逃してしまいそうなほどわずかにではあったが、唇に笑みをたたえてくれたような気がした。

「ところでマスター。日頃から夜はこのドレスを着ていたほうがいいのでしょうか」

「な、なんでそんなことを聞くんだ」

「マスターのご趣味かと思いましたので」

むせ返るかと思った。

無表情でも発言はド真ん中豪速球なことがしばしばだから、こいつは侮《あなど》れない。

「趣味っちゃ趣味だが……うん、まあ、とっておきの時だけにしとこうか」

そう各方面に向けて取り繕《つくろ》うと、リルハは静かに頷《うなず》いた。

それはそれとして、だ。これで四人分のドレスは選び終えられたな。

「いや、まだ終わりじゃないでしょう。シュウトさんも出席なさるんですから」

ヒメリが「忘れてませんか」とばかりに忠告してくる。

「俺か？　俺は適当なスーツでいいよ。なんか首の周りにパイナップルみたいなのついてる服あるだろ？　あんなの着てらんねぇよ」

俺は紳士服コーナーの隅っこで、慎《つつ》ましやかに飾られているシャツとクロスタイがセットになったタキシードに即決する。ちょうどナツメが燕尾服の色とお揃いの、ブルーの蝶ネクタイを選んでいるところだった。

これで五人分。

「……ふう。思ったより長くなりましたね。私も高級なドレスの数々に目移りしてしまったことを、今のうちに白状しておきます。後から『お前、あの時テンション上がってたよな』とイジられるのは大変不本意ですので」

「しねぇよ、そんなこと」

「絶対します。町から町に移動する途中、シュウトさんはいつも気まぐれで……」

声に出してから、ヒメリは「はっ」とした顔になって。

「……こほん。愚《ぐ》にもつかない話でした。それよりです」

気を取り直すように、お決まりのごとく人差し指をぴっと立てるヒメリ。

「これで依頼は完遂《かんすい》、でいいんですよね。この件こそ忘れたとは言わせませんよ。私だって善意だけでシュウトさんのショッピングに付き合ったわけじゃないんですから」

「いや、実はまだ終わりじゃないんだな、これが」

俺はごそごそと、担《かつ》いでいたカバンの中から、とあるブツを取り出した。

ふさふさの毛が立った、燃えるように赤々とした——。

「な、なんなんですか、これは」

「見りゃ分かるじゃん。毛皮だよ」

虎に酷似《こくじ》した魔物がドロップしていった、レア素材だ。

「森で手に入れたんだけど、すげー赤いだろ？　なんか希少らしくてさ」

「はあ。そういうことですか。ストールやティペットにすれば豪勢でしょうね」

「お前が言うストールとかティペットってのがなんなのかは全然分からんが……ま、大体そんなところだ。こいつでなにか小物を製作しようと考えてるんだよ」

そして、続ける。

「で、それをお前にやる」

「……はい？」

ヒメリは豆鉄砲を食らった鳩のように、きょとんとした間抜け面《づら》を作った。

「いや、俺たちの中で赤が似合う奴っていないからさ。その点お前はほら、鎧《よろい》もリボンも髪飾りの宝石も全部真っ赤じゃん。ちょうどいいかなって」

「な、な、な、なにを言っているんですか？」

動転しまくりのヒメリは、一秒の間に三回噛んだ。

「ぷ、プレゼントなんですか？　もしかして？　えっ、あのシュウトさんがですか？」

訂正。動転どころか、錯乱《さくらん》のほうが近いかもしれない。

「プレゼント……というか、報酬だよ。今回の」

「へ？　この毛皮がですか？」

「……まあぶっちゃけ、それだけじゃ足りてないんだけどな」

俺は後頭部をぽりぽりと掻きながら。

「その毛皮に合わせるドレスを選ぼうぜ。なにせこっちはお前も舞踏会に連れていくつもりなんだからな、そんな鎧で来られてもお互い恥かくだけだ」

と、おもむろに告げた。

「ええ、っと……からかわれているんですか、もしかして？　ふっふっふ、いやですね、シュウトさん。今になってそんな思いつきのジョークに付き合うほど私は甘くないですよ。伊達《だて》にシュウトさんのくだらない話に揉《も》まれ続けてきたわけではありませんから」

とうとう自分の頰をつねりだすまでになったヒメリは、今度は俺が冗談を言っているという路線で話をまとめようとする。

「大マジだよ。金は俺が負担するから好きなのを選んでくれ」

何を言っても俺が真面目《まじめ》な顔をしていたからついに観念したのか、ヒメリはやっと状況を呑みこむ覚悟を決めたようで。

「は、はあああっ!?　どういうことなんですか？」

素《す》っ頓狂《とんきょう》な声を上げた。

「か、勘違いするなよ。別にこれはお前に好意があるとかじゃなくてだな……」

「わっ、そ、そんなことは分かってますよ！　私だって別に嬉しくは、いや、嬉しくないわけではなくてですねっ！」

　どっちがツンデレなんだかよく分からない会話になりそうだったので、ここは一旦落ち着いてきっちりとした説明をしなければ。

「こいつだよ。こいつ」

　懐《ふところ》から一枚のペラ紙、と呼ぶにはいささか意匠の凝《こ》った書簡を取り出す。

「なんですかこれは……招待状？」

「ああ。で、この部分を読んでみてくれ」

「どれどれ……ふんふん……『ご参加の際は、家人《かじん》・友人の方を伴って……』？」

「なんか、何人でも連れてきていいみたいだぜ、知り合い」

　もらえるものはありがたく頂戴《ちょうだい》する。それが俺のモットーである。

　今回の場合は誰かを同伴する権利。形こそないが、なかなかに気の利《き》いた頂き物だ。

「立食コーナーもあるみたいだしさ、お前もつまらなくはないだろ」

「で、ですが、お誘いいただけるだけならともかく、私のドレスをシュウトさんが買うだなんて……そこまでしていただく義理はないはずです！」

「あるだろ。依頼達成してくれたし」

「たったそれだけですか？　こういう表現をするのは失礼かもしれませんけど、なんだかがくっと気が抜けてしまうのですが……」

「そのくらいゆるく捉《とら》えてくれたほうが助かるぞ、俺は。あんま深く考えるな。ていうか、依頼文にちゃんと匂《にお》わせておいたんだけどな」

「舞踏会のお誘いに関して、ですか？」

腕を組み、そんなものどこに、と言いたげにするヒメリに、俺は仕込んでいた前フリの本当の意味を明かす。

「最初から書いてやってたじゃん。報酬は『素敵な一時《ひととき》』だって」


書いてやってたじゃん。報酬は『素敵な一時』だって。キリッ。

これは俺なりに格好よくキメた台詞《せりふ》のつもりだったのだが、ヒメリが何度も何度も遠慮して固辞し続けたので、結局大してスマートには収まらなかった。

ただ最終的には「せっかくの申し出だから」と了承してくれたため、俺がこの日購入した衣装は都合六着。

プラス、靴や小物。

すべて最上級で統一したので総額は一〇二万六六〇〇Gにも上り、昨日稼いだ分の金貨がすっかり吹き飛んでしまったのだが、不思議と爽快感《そうかいかん》に満ちていた。有意義な買い物をしてやったぞ、という確信が持てているからだろうか。

俺がヒメリを舞踏会に誘ったのは、特に深い理由があるわけじゃない。

一応は旅の同行者であるヒメリを、白澤秀人《しらさわしゅうと》という、たったひとつの天稟《てんぴん》だけで世の中を渡ってきた人間が何者であるかを公《おおやけ》に広める場で、あいつだけハブにするのは、なにか違うと思ったからに過ぎない。

つまりはこれもまた、ただ単にそうしたかっただけという俺の身勝手なのだ。

全員の服を選んでいる間、ヒメリはずっと憧《あこが》れに満ちた眼差《まなざ》しを、眩《まばゆ》いばかりに壮麗なドレスたちに向けていたことを思い出す。

あいつもまた年頃の女の子だという事実を、今日ほど自覚させられた時はないな。で。

衣装の手配が済んだ俺が今どこをほっつき歩いているのかというと、舞踏会の会場となる館の下見に来ていた。位置でいうとちょうど、アランの競売場の斜向《はすむ》かいに当たる。

「まあ外観だけ見ても、あんま意味はないんだけどな」

大きさが分かったからなんなんだって話である。

そわそわとした気分が落ち着かないので、なんとなく一人で来てみただけだ。おとなしくミミたちと合流しよう。今頃生鮮市場で頼んでおいた買い出しをしているはず……。

そう思い、振り返ろうとした瞬間。

「うおっ？　な、なんだ、どうしたどうした？」

にわかに路地に広まり始めていた騒然とした気配が、俺にも伝わってきた。

トラブルの出所は競売場の前。

人だかりの輪の中心で、厳《いか》つい風貌の男が、押しかけてきた自警団の団員たちに取り押さえられている。強引に叩《たた》き出されたのか、服は土まみれだ。

その光景を、競売場の支配人、アランが背中を丸めた姿勢で見下ろしていた。

「うちは健全な売り買いの場でね、故買《こばい》なんて薄汚れた仕事はやってないんだ」

どうやら、盗品が持ちこまれたようである。

だとしたらこの騒ぎも納得だ。警察沙汰《ざた》ならぬ自警団沙汰か。

「ち、違う。断じて盗んだ代物《しろもの》なんかじゃ……」

「弁解は無駄な努力だぜ。こっちは自警団本部から盗難リストを受け取ってんだ。盗品なんてすぐに分かるんだよ。お引き取り願おうか。その素敵な殿方《とのがた》たちと一緒にな」

そう引導を渡したアランだったが、自警団に両腕を抱《かか》えられた男は忌々《いまいま》しげに地面に唾《つば》を吐き、食い下がろうとした——衝撃的な言葉を叫んで。


「俺はあんたに、『赤い目のアラン』に憧《あこが》れていたんだ！　敏腕詐欺師《びんわんさぎし》のな！」

言われたアランの細い眉が、片側だけぴくんと動いたように見えた。

「口先ひとつでいけ好かねぇ成金どもを手玉に取って、大金を巻き上げて……そっ、そのかつての伝説が、この有様かよ！　よりによって自警団と手を組むだなんて、噂《うわさ》に聞いちゃあいたが、首輪に繋《つな》がれた権力の犬になっちまったんだな、あんたも！」

男の悪態はやむことはなかった。だがそれでも、アランは涼しい顔をしている。

「なんのことだかさっぱりだ。自警団の皆さん、しょっぴいてやってください」

とだけ事務的に伝え、連行を見届けるまでの間、それ以上口を開かなかった。

騒ぎが収束すると、ちょっとしたショーでも見るかのような目で眺めていた野次馬たちの波がさあっと引き、あっという間に路地の空気は、怖いくらい元通りになる。

当事者であるアランもまた、客引きに戻ろうとしていた。

「……口が達者だな、とは思っちゃいたが」

俺はそんなアランのほうを見やり、一歩二歩と歩み寄る。

向こうもまた、俺に視線を合わせてきた。

血のように赤く濁《にご》った瞳で、薄ら笑いを浮かべながら。

「詐欺師をやっていただなんてな」

「人聞きが悪い。詐欺とは虚偽《きょぎ》を並べ立てて騙《だま》すことだ。俺は生まれてこの方、商談で嘘なんてついたことがねぇ。だから」

だから今日まで綺麗な体でいられてるんだ、とアランはククと喉《のど》を鳴らして、自虐《じぎゃく》とも自嘲《じちょう》とも取れるような笑い方をする。

つまりこいつは、白を黒と偽《いつわ》ることはなく。

話術で白を黒であるかのように思いこませていた、ってことだろう。

「詐欺は証拠を挙げるのが難しい、か。話の内容に嘘がないなら、そりゃ捕まえるのは難しいわな」

「おいおい、まるで俺がその詐欺を働いていたみたいじゃないか。俺がやってたのは真面目《まじめ》も真面目、大真面目な商売だってのに」

どこまで本気なのか分からないことをアランは言う。

「ただ非常に残念なことに、世間的には俺は危ない橋を渡っているように見られてたみたいでよ。何度潔白が証明されても、無罪じゃなくて『有罪ではない』ってな扱いにしかならなかった。シャバなのに紐《ひも》がつきっぱなしだぜ？　信じらんねぇよな」

やれやれ、と呆《あき》れ顔で首を横に振る。

「それである日、なんとしても俺の商売を邪魔したかったのか知らねぇが、商業ギルドのお偉いさんから他の仕事を斡旋《あっせん》されたんだよ。自警団の認可を受けた、公明正大な競売場を任されてみないか、ってな」

フッ、と今度は鼻で笑ったアラン。

止めようがないのなら、いっそ身内に引きこもうと考えたってことか。

それって司法取引だろ、つまるところは。

オートベルグに初めて足を踏み入れた時に感じた仄暗《ほのぐら》さの一端を、こいつの身の上話から垣《かい》間見《まみ》たような気がした。

「それで、乗ったのか」

「乗るしかないってやつだぜ」

口元を歪《ゆが》めたアランのその言葉には、二重の意味があるように思えた。俺には「おいしい仕事だから乗るしかない」と聞かせたかったのだろうが、本当の意味が「断れば強硬手段を取られかねないから乗るしかない」なのは明らかだ。

こういう言葉遊びを積み重ねて、巧妙《こうみよう》に詐欺を成功させてきたんだろう。

「……そんなわけで、今じゃしがないオークショニアだ。これでもそこそこいい暮らしはしてるんだぜ？　前ほどじゃないが、安定して金は入ってくるしよ」

「そうか。……変わったんだな」

「あ？　なんの話だ」

「昔のことを全部知ったわけじゃないけど、少なくともさっきのあんたの盗賊を見る目は、本気で軽蔑《けいべつ》してる奴の目だった。公明正大な競売場ってのにふさわしいほどにな」

「……変わるさ。変わらなきゃこの世界でやっていけねぇ」

おどけた口調が、ほのかに真剣みを増したように思えた。

声のトーンの落ち方を聞く限りではいっそ寂《さび》しげですらあった。まるで諦観《ていかん》しているかのような……そんなふうに聞こえてくる。

「立場が変われば、誰だって人となりも変わる。百戦錬磨の冒険者から資産家に転身した奴もいれば、スラムから這《は》い上がってこの町屈指《くつし》の商売人になった奴もいる。前者は見る影もなく腑《ふ》抜《ぬ》けて、後者は餓《う》えた牙《きば》が抜け落ちやがった。そういうもんだ」

「その後者ってのは、自叙伝《じじょでん》的な意味でか？」

「馬鹿をぬかすな。俺に牙なんて最初からねぇよ。生まれついてのワンちゃんだ」

もういいだろう、とアランは話を無理やりに打ち切り、競売場の中へと入っていく。

こいつが悪人だったことは真実と見て間違いない。しかし悪人なりにも矜持《きょうじ》はあり、それを奪われたことに対しては、胸をかきむしられるような悔しさがあったはずである。

かつては狼《おおかみ》だった男の背中を見ながらも、俺は考えさせられていた。

「立場が変われば、人となりも変わる、か……」

アランが吐き出すように口にした言葉を、頭じゃなく、胸の奥底で咀嚼《そしやく》する。

たとえそれが真理だったとしても、俺は変わりたくない。

俺はなにがあっても、俺のままでいてやるからな。

Episode.8

俺、披露する

いくつかの夜が明けて、ついに訪れた舞踏会当日。

といっても開始は二〇時からなので、朝から慌《あわ》ただしく準備に追われて——ということはない。むしろそれまで暇《ひま》なので生活リズムどおりに探索《たんさく》に出向いていた。獣《けもの》たちと存分に触れ合って森林から戻ってきたのは、およそ一八時頃。

ブティックへ直行する。

「お待ちしておりました。それでは、ドレスの着付けを始めましょう」

ずらっと整列した女性店員一同に出迎えられた俺たちは、いよいよ保管してもらっていた衣装に袖《そで》を通す。

……のだが、店奥の着付け用控え室に通されたのはミミたち四人だけだった。

男子禁制ってやつですか。

「まあ、そりゃそうだけどな……」

ポツンと一人だけ残される俺。

もっとも男の俺がパンツ一丁のあられもない姿を見られたところで、どうってことはないし誰も喜ばない。普通に店内の端っこでこそこそとタキシードに着替えた。

念のため姿見で確認してみる。

うーむ、こういうフォーマルな格好なんてのはほとんどする機会がなかったから、服に着られている感が半端《はんぱ》ないな。手櫛《てぐし》でちょいちょいと髪を整えたりもしてみたが、焼け石に水という言葉の意味を思い知らされるだけだった。

で、待つ。

ミミたちが着替え終わるのをひたすらに待つ。

数十分ほど待ち続けてから、ようやく四人は女たちの花園から解放されてきた。

「お、おお……！」

眼福《がんぷく》とはこのことを言うのだろう。

俺は華麗にドレスアップされた四人の姿に、感動を抑えられなかった。

「ごきげんよう、シュウト様。……ふふ、一度言ってみたかったんです」

ふんわりとしたスカートをつまんで、上品かつキュートな挨拶《あいさつ》をしてみせるミミ。

リルハはその場でくるっと一回転をする。

強張《こわば》った面持《おも》ちのホクトは直立不動を貫《つらぬ》いていたが、後ろに置かれている姿見のおかげで大胆に開いた背中は丸見えだった。

「ふっふっふ、いかがですかにゃ、ご主人様。カッコよく決めてきましたにゃっ」

燕尾服《えんびふく》姿のナツメは腰に手を当て、勝ち誇ったようにドヤ顔をしていたが、ぶっちゃけるとこいつだけはコスプレみたいになっていた。それはそれでかわいらしくはあるが。

さて、準備は整った。

ヒメリとは現地で落ち合う手筈《てはず》になっている。目指すはパーティー会場となる館。

店を出る。

町中を歩いているだけで、通行人たちの注目を集めているのが露骨《ろこつ》に分かった。

もっとも、言うまでもないことだが俺を見る物好きな奴は一人としていない。大衆の視線が注がれているのは俺が連れているミミ、ホクト、ナツメ、リルハにである。

ピンクのドレスを着ておしとやかに歩くミミは本当の本当に絵本の世界から飛び出てきたお姫様のようだし、地面と擦《す》れて汚れないようにとそのスカートの裾《すそ》を持って歩くナツメの執事《しつじ》っぷりも、なかなかどうしてサマになっている。

肩と背中を露出した夜会服をまとい、恥ずかしがっても仕方ないと開き直って背筋を伸ばして歩くホクトは、その八頭身の高く引き締まったスタイルを余すことなく見せつけて、スーパーモデルか、はたまたハリウッドスターかってなくらいに存在感を放っていた。

男が見入るのはもちろん、女たちも羨望《せんぼう》の眼差《まなざ》しを送っている。隣を歩いているだけで誇らしい気分にさせてくれるのは、こいつくらいなものだろう。

その一歩後ろを、リルハが落ち着いた歩調で付き従ってくる。

華奢《きゃしゃ》な肩を微塵《みじん》も揺らさずに歩き、ドレス本来が持つ気品や格調高さといった要素を少しも欠くことなく着こなす、貴婦人然としたイタチの少女。美しい衣装がリルハの魅力を引き立てているように、リルハもまた、衣装の魅力を限界まで引き出していた。

目的地の会館に到着するまでに、何度振り返られたか知らない。

現在の時刻は一九時半。

会場では既《すで》に受付が始まっていた。ヒゲをたくわえたスーツ姿の紳士や、貴族の真似事をしているような格好の肥えた中年男性、その息子と思《おぼ》しき生意気面《なまいきづら》の坊主に、豪奢《ごうしゃ》な扇《おうぎ》を携《たずさ》えた気の強そうなご婦人の方々など、集まっている人間は様々である。

その中には、同伴を許された自慢の家臣なのだろう、長いウサギの耳や三角形の犬の耳を生やした獣人の姿もちらほらと見られた。

共通するのは、全員が全員それぞれの思う最高のオシャレをしてきているという、その一点だけだ。

その集団の中に交じって。

いた。あいつが。

「シュウトさん、こっちです！」

手を振るそいつは俺の顔を見かけるなり、安心したのか、気もそぞろといった表情を緩《ゆる》めた。

「お待ちしていましたよ。ふう、息が詰まるところでした。上流階級の皆さんに囲まれているとどうにも落ち着けず……」

襟《えり》と袖のない、挑発的な真紅《しんく》のドレスを着こんだヒメリは、ご丁寧《ていねい》にも髪型をアップにしてきていた。毛皮から作られた、同じく赤い色のストールをゆるく肩にかけ。

のであった」

「それでなんとか大人っぽさを演出しようとし、なおかつ貧相な胸元から目を逸《そ》らさせている

「全部声に出てますよ！　完全にわざとでしょう！　もっとこう、女性に対するデリカシーというものをシュウトさんには理解していただきたく……」

「なんだよ。そんなにちゃんとした感想を述べてほしいのか？」

「わ、悪いですか。そんなふうに考えるのは」

ヒメリがギャーギャーと噛みついてくるので、仕方なく言ってやる。

「似合ってるじゃん。見違えたぜ。どこぞのお嬢様みたいだ」

「なっ……そ、そう言っていただけるのであれば光栄ですが、調子が狂いますね……」

一瞬顔を綻《ほころ》ばせかけたヒメリだったが、すぐに警戒しだす。

「なにやらキナ臭《くさ》いですね。シュウトさんのことですから、おそらく罠《わな》でしょう」

「俺はどうすればいいんだよ。おちょくるのもおだてるのもダメって」

そもそも俺はなにも、自分に嘘を吐《つ》いてまで無理に褒《ほ》めたわけではない。

似合っている、というのは本心からの言葉だ。

お節介な口を閉じ、お転婆《てんば》なところを見せさえしなければヒメリは文句のつけようのない美人なので、ドレス姿が映《は》えないわけがないだろう。

「普通にしていてください。それが一番私にとっても心の安寧《あんねい》を得られます」

「これが俺の普通なんだけどな」

「そう返されるとぐうの音《ね》も出ませんね……いつもシュウトさんはこうでしたから」

むむむと黙りこむヒメリ。こんないつもどおりの光景を、くすくすと嬉しそうに見守るミミの穏和な笑顔が、ちらりとだけ俺の目に映りこんだ。

それはそうと、こんな人目につく場所で悠長《ゆうちょう》にたむろっている場合ではない。

いざ会場内へ。

……と意気ごんではみたが、まずは受付を済ませてからだな。

「シュウト・シラサワ様、ですね。ご来場いただけたことを心より歓迎いたします」

受付係の若い男にやりすぎなくらい丁重《ていちょう》に礼をされた。

署名する俺の字を確かめながら、男は連れている面々もチェックする。

「従者の獣人が四名ですね。承知いたしました。後ろのご婦人は、奥様でしょうか」

「そうだ」

「いや違いますからね！」

秒で俺の嘘をバラすヒメリ。

「そういうことにしておいたほうが楽なのに……えーと、友人代表ってことで」

「かしこまりました。それでは、よい夜を」

ロビーへと通される。

外から眺めただけでもでかい館だとは思っていたが、中に入ってみるとより一層建坪《たてつぼ》の広さを実感させられた。入ってすぐのロビーだけでもちょっとした一軒家くらいの面積があるし、絵画がいくつも壁に掲《かか》げられていて、内装も贅《ぜい》の限りを尽くしている。

なによりも煌《きら》びやかな照明の数々が印象的だった。豪邸のアイコンことシャンデリアは当然として、凝《こ》りに凝った彫金の施《ほどこ》された銀細工の燭台《しょくだい》に、垢抜《あかぬ》けた間接照明まで置かれてあり、光が届いていない箇所はどこにもない。しかしながら明るければ明るいほどに、夜というものを痛いほど感じさせられてしまうのが、人間の奇妙な習性だ。

ってかここだけでも十分パーティーができるんじゃなかろうか。実際ロビーでは身なりのいい者同士で世間話を行っていて、既にいい雰囲気になっている。

ただここは前座に過ぎない。奥にある木製の扉を抜けた先が、舞踏会の真打だ。

「ところで、舞踏会ってどんなパーティーなんですかにゃ?」

男装もこなれてきたナツメが今更なことを聞いてきた。

「俺もよく分かっちゃいないが……要するにだ、酒が振る舞われて、音楽が流れて、気分が乗ってきたら誰かを誘って踊るっていう、そんな感じのアレだろ?」

一時期ナンパ目当てで現代の舞踏会場ことクラブに出入りしていたイタい過去があるので、おおむね同じような感覚でいける、はず。

小さく呼吸を整えて、俺は扉を開けた。

ここがホールか、なんて冷静に言ってられないほどに気圧《けお》されることも知らずに。

「うおっ……こ、これが社交界のプレッシャーってやつか……」

表情を変えなかったのはリルハくらいで、他はそれぞれ異なるリアクションで驚きを示していた。ナツメはぱあっと晴れやかな顔つきになり、ホクトは緊張感をより高める。ミミとヒメリは放心寸前の俺と同様、口をポカンと開けた。

開始時刻の二〇時を目前に控えたパーティー会場には、もう既に多くの来賓客《らいひんきゃく》が詰めかけてきていて、後は主催者のホフマンの登場待ち、といった空気が漂っている。

床全面に敷き詰められた絨毯《じゅうたん》の上を歩く人々はにこやかに微笑みながらも、「自分こそが町一番の権力者だ」と他者を牽制《けんせい》をしているかのように見えた。

下手《へた》すれば険悪にもなりかねない微妙な気配が、それでも親睦《しんぼく》を深める場としてふさわしい和《なご》やかなものであり続けているのは、流れている音楽の存在が大きい。

当たり前の話だがこの世界にＣＤやレコードがあるわけもないので、弦楽隊の生演奏である。会話を邪魔しない、静かで穏やかな曲だ。その良し悪しは分からないが、隣にいるミミがふと口ずさむ程度には、耳《みみ》に心地いいメロディなのは間違いない。

花の飾られた円卓が点在し、これを囲んで談笑しろということなのだろう。部屋の一辺をそのまま埋めるように設置された長方形のテーブルの上には、赤と白のワインを入れたガラス容器と、ビュッフェ形式に即したオードブルがずらりと並んでいた。

ホール中央はダンスフロアとして広々と開放されている。

俺は思う。どこがクラブやねんと。これはまさに金持ちのための社交場だな。

ところで俺が周りを見ているということは、周りもまた俺を見てきているということで、見慣れない、それも飛び抜けて若造の俺の登場はかなり怪《あや》しまれていた。

ど、どう切り出せばいいんだ。まずは「こんばんは」くらい言ったほうがいいのか。

……と、俺がまごついていると、タイミングよく。


「やあやあ皆様。お集まりいただき誠にありがとうございます」


今夜の舞踏会を取り仕切る、豪商のホフマンがホール正面に現れた。

おかげで皆の視線がこちらから外れる。

「さてさて、二〇時を迎えました。予告どおり、これより皆様が素晴らしき一夜を過ごせますよう、舞踏会を始めさせていただきます。心ゆくまで料理とダンス、そして密な交流をお楽しみください」

ホフマンの音頭《おんど》に拍手が送られる。

不自然でないよう周囲に合わせる俺。が、話はまだ続いていた。

「前回の舞踏会ではオートベルグの現役ナンバーワン歌姫《ディーヴァ》シャロン嬢、更にその前は旅の大道芸人の方をお招きしましたが……今宵《こよい》は高名な冒険者にして生物学発展の貢献者《こうけんしゃ》、『ディスカバリー・ハンター』シュウト氏にお越しいただきました」

しかも、ありがたいやらありがたくないやらな俺の紹介だった。

ご丁寧なことにホール後ろにいる俺を、手で差し示してまでいる。

「おお、小耳には挟んだことがありますな」

「なんでも教会で有名なリステリア地下の未踏《みとう》の地に到達したとか」

「まあ、そうだったのですか。あなたがそこで、あのランタニアの美しい発光体を手に入れたのですね。ぜひともその冒険譚《たん》をお聞きしたいですわ」

招待客たちの眼差しに込められていた俺に対する疑念が一気に敬意へと変わる。現金な連中だな、とは思うが、どこの馬の骨とも知れない奴がいきなり入ってきたら誰だって怪しむだろう。なので俺は、愛想笑いと苦笑いの中間の顔をしておいた。

なにはともあれ、舞踏会の幕は上がった。

青年実業家風の男たちが我先にと、ドレスでめかしこんだ令嬢を見つけてはダンスパートナーになってくれないかと声をかけている。

ここが富裕層たちの出会いの場でもあるのがよく分かるな。

その一方で初老の男性と女性は誰もが落ち着いた様子で、動きの少ない簡単なチークダンスに興じたり、もしくはワイングラスを片手に、町の経済事情から近所の野良猫についてまで朗《ほが》らかに語り合ったりしていた。

キツいのはその中間、三十代から四十代の中年たちで、激しい自慢合戦が繰り広げられていた。この衣服はいくらしただの、自分は著名な芸術家と知り合いだとかいった人脈アピールだの、雇っている獣人の容姿がいかに優れているかだの、口にしたら興醒《きょうざ》めするようなことをべらべらと喋《しゃべ》り合っている。

で、俺はといえば。

めっちゃ囲まれていた。並大抵の刺激には飽き飽きしている金持ちたちに。

「リステリアの地下迷宮は、四層構造だとうかがっています。どの階層が最も厄介《やっかい》だったのでしょう?　また、その理由などもあればお聞かせ願いたい」

「それより、あなたが見つけたという幻の第五層についておうかがいしたいですな」

「そこに棲息《せいそく》していた新種のランタニアはきっと一際《ひときわ》美しかったのでしょうね。ああ、死ぬ前に一度この目で見たかったですわ」

と、こんな感じに質問攻めを受けている。

俺が辿《たど》ってきた経験というものは、決して金では買えない。だからこそこの町の人間には刺激的に聞こえるということか。

それも、子連れが多かった。自分の息子に危険な真似はさせたくはないが、しかし冒険のスリルは疑似体験させてやりたいという親心なのだろう。

まあそれだけならいいのだが、子供は何をしでかすか分からない生き物なので。

「おねえちゃん、キレーだね」

マセガキがそんなことをミミに言った。

こらっ、俺ですら口にするのに勇気がいることなんだぞ。

「うん。すっごくキレイ！」

礼儀正しそうな娘さんまでも。

確かに今のミミはただでさえ綺麗なのに花嫁のようなドレスを着用しているから、俺が見てきた中でも一番綺麗だし、綺麗という言葉で表すのが陳腐《ちんぷ》に感じてしまうくらい綺麗ではあるけども、そう軽々しく綺麗綺麗って言ったら綺麗さが安っぽくなってしまうだろ。何回綺麗って連呼するんだ俺は。

「ふふ、ありがとうございます」

そんなやんちゃ坊主たちにもにこっと微笑んで愛想を振り撒《ま》くミミ。

あまりにも愛らしすぎるので、今すぐその小さな手を取ってダンスフロアに駆けこみたいと思わされるのだが、原則として従者はあくまで従者、有力者のための催《もよお》しであるダンスには参加できないらしく、俺の願いは泡《あわ》と消えた。

俺の冒険話が弾《たま》切《ぎ》れになってきたあたりで、やっと即席の講演会から解き放たれる。

「いやはや、貴重な体験を聞かせていただきました」

「ええ。本当に山あり谷ありの冒険をしてきたのですね。……地底湖のランタニアが醜《みにく》かったという話は、聞きたくない真相ではありましたけど」

満足してもらえたらしい。これで俺の顔と評判も、広まったってところか。

「お時間をお取りしてしまいましたな。どうです、あなたもダンスをされてみては」

「ダンスか……まあ、考えときますよ。その時が来たらってことで」

そんなことより、飯だ、飯。

とっくに二一時を過ぎ、というかもうじき二二時に迫ろうかとしているのに、まだ腹になんの料理も入れていない。狩りの合間に森の木陰でパンを食ったのが太陽が中天に昇った頃だから、さすがに腹が減った。

皿に料理をよそいに行く……と、なんとなくそんな気はしていたが。

案《あん》の定《じょう》ヒメリがいた。

「シュウトさんもお食事ですか？　有益な情報をお伝えしますが、用意されている料理はどれも絶品でしたよ」

「どれもってことは、全種類食ったな」

「墓穴でした……いい加減油断と隙《すき》を晒《さら》さないようにしなければ……」

ただ一通り食べたという割には、皿に乗っている量はヒメリにしては少ない。

周囲の目が気になるのか、ちょっとずつしか取れなかったようだ。

「そ、それよりです」

険《けわ》しい世界に身を置く剣士であることを忘れさせるほどに、派手派手しい真紅のドレス姿を自分のものとしているレディは、気を取り直して指を立てる。

「シュウトさんはダンスフロアには行かないのですか？　せっかくのお金持ちの方々が集まる舞踏会なんですよ。顔を売るチャンスでしょうに」

「そうだけどさぁ、別に踊りたい相手とかいないしな」

上等の白ワインを口に含みながらぼやく。

いやいることはいるし、しかも複数に上るのだが、規則でダメというのがもどかしい。

そのかわりと言っちゃなんだが、目で楽しませてもらっている。

普段は探索での勇ましい姿や、日常の気の置けない姿ばかり見ているが、美しく着飾った四人の姿もまた違う魅力で溢《あふ》れている。

いつも顔を合わせている俺ですら見惚《みと》れてしまうんだから、初めてこの会場で目にした奴らにとってはなおさらのことだろう。

山羊《やぎ》の国のプリンセスであるミミはさっきからずっと熱い視線の的《まと》だし、薬指にトパーズを輝かせたスタイル抜群のホクトは、背中が露《あらわ》になった格好だというのに、凛々《りり》しすぎる顔立ちのせいかいやらしさよりもカッコよさが前面に押し出されていて、同性から嫉妬《しっと》と憧憬《しょうけい》の入り混じった視線を向けられていた。

ナツメの愛嬌《あいきょう》はこの舞台においてもフルに発揮されていて、俺の代わりにみんなの紹介をやってくれている。芝居がかった所作《しょさ》もウケがよく、青緑の髪に猫の耳、そして燕尾服というファニーな外見が、特におばさまたちからカワイイカワイイと好評だった。

「にゃにゃにゃっ!?　こ、この魚のムニエルは舌が溶けてしまいますにゃ……」

と、料理を前にした時だけ名執事から食いしん坊に戻るのが玉に瑕《きず》。

そしてなんといってもリルハだ。

会場には競売場で見かけたことのある客の姿もあった。

そいつらがリルハを眺める目は『見惚れる』というよりは、『度肝《どぎも》を抜かれている』といった表現のほうがしっくりくる。

黄色いサテンの夜会服を完璧に着こなしているリルハは、会場にいる他の誰よりもオシャレ上級者にしか見えなかった。リルハのスリムで無駄の一切ない体型は、着ている服に負けることも、かといって圧倒することもなく、そもそも喧嘩をしていない。あまりに自然にドレスに馴染《なじ》んでいる。

戦うだけの奴隷だと軽んじられ、ボロのチュニックや革のボンデージでは決して知れることのなかったリルハの女としての魅力が、今になって開花していた。

だが、後悔してももう遅いぞ。リルハは俺のものだからな。

そうやって鼻を高くしていると。

「お楽しみいただけていますでしょうか」

やや遠くから、一人の男が友好的な、かつ他と分け隔《へだ》てない態度で歩み寄ってくる。

ロマンスグレーの紳士。パーティーの主催者であるホフマンだ。

「それなりにな。特に酒がうまいのが高得点だ」

「おお、それはなにより。そちらにいらっしゃる方は、シュウト様のご夫人でしょうか」

「そういうことだ」

「だから違いますってば！」

瞬殺で訂正するヒメリ。

「ははは、ご友人でしたか。ということはシュウト様は独り身なのですね。でしたら、どうでしょう、どなたかを社交ダンスに誘ってみては」

ホフマンは好々爺《こうこうや》な顔つきを崩すことなく提案してくる。

またその話か。

「そうですよ。あれほど人気だったじゃないですか。シュウトさんとミミさんたちが社交界でも十分にやっていけることは、証明されたようなものです」

ヒメリも背中を押してくる。

ただ、その口調にはなにやらホフマンとは異なった響きがあることを、俺は聞き逃さなかった。どことなくムキになっているような、そんな機微《きび》が透けている。

　うーむ、とはいえ、せっかく舞踏会なんていう今の今まで縁遠かったレアなイベントに参加できてるんだから、まったく踊らないのも損かもしれない。次にまたこういう場に出席できる保証はどこにもないわけだし。

　ってことで、俺は決断した。

「よし。ヒメリ、ダンスフロアに行くぞ」

「……はい？」

「おばさん誘うくらいなら、お前のほうが全然いいだろ」

「ちょっ、ちょっと待ってくださいよ、シュウトさん！」

　俺は目を皿にし、ついでに皿も空《から》になったヒメリの手を引いて、優雅な音楽の流れるダンスフロアへと飛びこんだ。

　こいつ相手なら気兼《きが》ねする必要はないし、あとはまあ、こうして同じ空間を共有してる以上は、後々一緒になって振り返れる思い出があったほうがいいに違いない。

　それをネタに、いろいろとイジれるだろうしな。

「な、なんなんですかその顔は。絶対なにか企《たくら》んでる顔じゃないですかっ」

「あんま気にするな」

「それに、急に踊るだなんて……そりゃあ私だって多少は興味がなくはないですけど、まだ踏ん切りというものがですね……！」

照れと恥じらいと興奮と腹立ちがいっぺんに押し寄せてきているせいなのか、ヒメリの顔はドレスに劣らないくらい真っ赤になっていた。だが俺の手を振りほどこうとはせず、それどころか、軽く握り返しているように感じるのは、気のせいではないだろう。

「いいじゃないか。この町での思い出くらい作っておこうぜ、どうせなんだしさ」

今度こそバシッと決めてみせる俺。

が、しかし。

「……ところで、社交ダンスってどうやればいいんだ？」

「そっ、そんなの私が知ってるわけないでしょう」

ダンスが必修科目に含まれていなかった俺の知識なんて運動会のフォークダンスで止まっているし、ヒメリに至っては皆無と言ってよかった。

結局、お互いに踊り方が分からずじまいだったので。

なんとなく手を繋《つな》いだまま、二人でダンスフロアをふらふらと歩くだけだった。

長い夜とは、今夜のようなことを差すのだろう。

深夜零《れい》時を回ろうかとしているのに、舞踏会はまだ続いていた。オードブルの器《うつわ》は空になるたび補充され、楽団も曲ごとに少しの休憩を挟む以外は、演奏の手を止めない。

ホールとベランダの両方で飛び交っている成金たちの自慢話は尽きることなく、よくそこまで続けられるものだと逆に感心してしまうほどだった。

退席するタイミングをつかめなかった俺がやっていたことといえば、ミミやリルハと一緒になってワインを飲み比べて時間を潰《つぶ》すくらい。

こんな時でもホクトは俺の品格に傷がつかないようにと、毅然《きぜん》とした態度のままでそばに侍《はべ》り続けている。

ナツメはおねむだった。

「主殿《あるじどの》、どちらへ？」

「ちょっと、トイレに……」

二時間ぶっ続けで酒盛りしていたから、俺の体内で年中無休で働いている膀胱《ぼうこう》が「もう限界です！　決壊します！」と弱音を吐いてきやがった。

ここは一発上司として、文字通りの身内のガス抜きをしてやらないとな……とロビーに出たのだが、そこに。

ダンスフロアを離れた後、別行動になっていたヒメリの姿があった。

まとめていたブロンドの髪を下ろし、リボンも結んでいないせいか、いつもの勝ち気が薄らいでいるように見える。

「……シュウトさんも涼みに来たんですか？」

「こんなところで涼めるかよ。それだったら外まで出るっての。トイレだよ、トイレ」

お前こそなんでロビーに、と聞いてみると。

「いえ、なんだか先ほどから、考え事ばかりが浮かんできまして」

「ふうん」

「……取り繕《つくろ》っても苦しくなるだけですね。私らしくないので、やめます。本当は、シュウトさんへのお礼の言葉を考えていたんです」

ヒメリは意を決したように言葉を紡《つむ》ぎ出す。

「今日はこのような場に連れてきていただいて、ありがとうございました」

「おう。もっと感謝したっていいんだぜ」

「本当にそのとおりです。こんな素敵なドレスまで用意していただけて……」

な、なんだその素直な返事は。いつもみたいに軽口で切り返してほしかったんだが。

「それに……ダンスに誘ってくださったことも、いい思い出になりました」

「いい思い出か、あれ？　全然カッコつかなかったからなー。後でネタにしてやろうって考えてたのに、逆にそのことで馬鹿にされそうで怖いんだけど」

「……まあそんなことだろうとは、なんとなく読めてはいましたが」

あっ、ちょっと元に戻ってきた。

だが『ちょっと』は所詮《しょせん》『ちょっと』でしかなく、妙に改まったヒメリはまだ生真面目《きまじめ》なトーンで続ける。

「正直に申します。シュウトさんがお金持ちの方々に囲まれていた時、私は『ああ、あの人は遠くに行ってしまったんだな』と思ってしまいました」

「俺がか？」

「ええ。私が常々追いつきたい、追い越したいと目標にしていたあなたがです」

それはフィーを離れ旅に出た際だけでなく、何度も聞かされてきた話である。

「そう考えると無性《むしょう》に寂《さび》しいような、虚《むな》しいような気分になってきて……きっとここがシュウトさんのいるべき世界で、私の居場所じゃないんだと、そう痛感させられました」

同じ道を歩んでいたはずなのに、自分だけが取り残されてしまった。

話しぶりから察するに、おそらくヒメリは、そんなふうに感じたのだろう。

「むしろ異なる世界の中に私がまぎれこめたことが、奇跡にさえ思えますよ。本来、シュウトさんに誘われなければ、私には絶対に縁のなかった場所ですから」

交わることのない線が交わる、二度とない瞬間だと。

神妙な顔をして、ヒメリはそんなことをぽつりと唇からこぼした。

「だからこうしてシュウトさんと舞踏会にご一緒できたことは、旅を続けてきた中で一番の思い出です。本当に、ありがとうございました！」

そう言い切って笑ったヒメリの表情は、目頭《めがしら》には涙が少し滲《にじ》んでいるのに、不思議なくらい晴れやかだった。

胸の内を埋め尽くしていた感情のすべてと、訣別《けつべつ》することができたのだろう。

だから俺はこいつの目標として。

そして男として、大事な一言を告げてやろうと思う。


「お前って、マジでアホだよな」

と。


不夜の町、という異名はとても皮肉なニックネームだ。

暗闇《くらやみ》を飾り立てようとすればするほど、夜の勢力は強まっていく。夜でも明かりが絶えない町というのはつまり、夜こそが最も盛んな時間帯だと宣言しているようなものだ。

だからこそ、そんな町オートベルグで迎える陽《ひ》の光に満ちた朝は、特別爽《さわ》やかに感じるのだろう。

……もっともそれは、繋《つな》いでいた縄を外した瞬間に、やさぐれイッカクが俺の顔にゲップを浴びせかけてこなければ、の話だが。

「爽やかなままでいさせろっての！」

　一回くらい本気でキレてやろうかとも考えたが、思いとどまった。なにせこいつが牽引《けんいん》する荷馬車には、この町で競《せ》り落とした特大超重量の荷物が積んである。ヘソを曲げられるとこっちが迷惑をこうむるんだから扱いは慎重にしなくては。

　まったくどっちが主人なんだか分からんな。

「さあさあ我が後輩よ。今日からはしっかり働いてもらいますにゃ！」

　その点こいつが羨《うらや》ましい。俺が撫でることのできないツノまでぺたぺた触らせてもらってるんだから、かなりの関係にまで打ち解けているといっていいだろう。

「主殿、荷物の積みこみが完了しました」

「おう、そうか」

　もう片方の荷車にも荷物がズッシリと詰まっている。

　トレーニングとのことではあるが、これを運ぶことができるんなら、もうこれ以上筋肉なんていらないだろ……と考えさせられるのは、俺がモヤシゆえなのだろうか。

「んじゃ、そろそろ出発だな。二、三日は歩くことになるけど、辛抱《しんぼう》してくれよ」

　俺は旅の新たな仲間になった少女に声をかける。こいつにとっては初めての旅だろうからな。

「はい」

　返事はとても短かったし、返ってくるまでの間隔も短かった。

「……辛抱してくれとは言ったけど、しすぎるのもやめてくれよな。なにせお前にとっちゃ初めての街道移動なんだから」

「そんな労苦より」

即答してくる。

「マスターと外の世界を見ることができる嬉しさのほうが、上です」

目元と口元がゆるみ、喜怒哀楽のない無感情な顔が、ほんの少しだけ『喜』に傾いた。

うむ、だったらこいつにはぜひ、野営する際に星空を仰《あお》がせてやりたいところだ。作り物でない光で夜が彩《いろど》られた風景を、そう何回も見てきたわけじゃないだろうからな。

「ふふ。今回も、とてもとても楽しい旅になりそうですね」

俺の右隣から離れない少女も、白い髪をさらりと揺らせて微笑む。

そう、今日からまた、楽しい旅の続きが……。

「おっ、お待ちくださーい！」

なんて感慨《かんがい》深くしてると、遠くから、やたらと響き渡る声が聴こえてきた。

その大声を耳にした途端、ビッグブルーを撫でるナツメの手も、荷車の梶棒を握ろうとしたホクトの手も止まり、俺を見上げていたリルハとミミは声の方向に視線を移した。

俺もまた遠望する。

走ってきているのは、俺が冒険者稼業《かぎょう》を引退して、この町で資産家として暮らしていくと盛大に勘違いをしていた——愛と勇気の美少女剣士ことヒメリじゃないか。

「さ、探しましたよ……」

ぜえはあと息を切らすヒメリ。

「今日出発するとは聞いていましたけど……こんな早朝からですか？」

「だってこの町でやることなんてもうないしな。社交界に顔は売ったし。それに南に行けば海岸線沿いの町に着くんだろ？　行かないわけにはいかねぇよ、そりゃ」

もう既に頭の中では、海と水着のハーモニーが奏《かな》でられている。

「ていうか、別に走ってこなくてもいいじゃん。お前が来るまで待つつもりだったたし。それともあれか、自分が置いてかれないか〜って、また不安になったとか」

「あの時のことは忘れてください！　なしです、なし！」

他愛もない冗談にもヒメリは全力でブンブンとかぶりを振る。

「忘れろって言われてもなぁ。あんなにお前から素直に感謝されるだなんて、珍しすぎて忘れられっこないんだけど」

「わ、私はただ、最後に一肌脱いでくれたのかと、そういうふうにですね……」

「いや、だって俺ちゃんと言ったよな？　『この町での』思い出って」

後出しジャンケンではないことを改めて伝えてやる。

「大体だな。最初っから俺とお前の道は別々だっての。俺の道を行くのは俺だけだ。勝手に割りこんでくんな」

そんなのは別に、俺とヒメリに限ったことじゃない。

歩いている方向が同じだとしても、道が一本のはずがない。最初っから最後まで分岐点も合流点もない道だなんて、一体どこに存在してるっていうんだ。

「ですけど、それでもミミはシュウト様に寄り添って歩みたいです」

「よし。ミミは俺の道を通ることを許可する」

「いきなり特例を出さないでくださいよ！　一瞬でもシュウトさんの人生観に共感した自分が馬鹿みたいじゃないですか！」

ヒメリは納得いかないように俺とミミを見てきたが、まあ、要するにだ。

「そんなに難しく考えないでいいんだよ。気楽に柔軟に、やりたいようにやるのが俺の生き方ってことだ」

拾われた命だからこそ、そう思うことができる。

自分だけの人生を、自分の望むとおり生きて、なにが悪いっていうんだ。

俺よりも冒険者らしく生きている人間はもちろん、俺よりも金持ちらしく生きている人間なんて腐るほどいるだろう。

あるべき姿にこだわった結果、地位と立場を確立した人間はいくらでもいる。

だが俺はそいつら全員に言ってやりたい。

お前はお前らしく生きられているのか？　ってな。

あとがき

このたびは『すまん、資金ブーストよりチートなスキル持ってる奴おる？』の四巻を手に取っていただき、誠にありがとうございます。

書いた人のえきさいたーです。


ｗｅｂ版から追っていてくださった方にはお分かりかと思いますが、この巻は全編にわたって書き下ろしをさせていただきました。

書籍版オリジナルの展開とした理由はいろいろとあるのですが、一番の理由は「この巻である程度綺麗に終われるように」ということです。

（ｗｅｂ版におけるネシェスのエピソードは完結していませんし、そもそも最後までまとめようとしたら確実に一冊分の文章量を超えてしまうので……）

実は一巻を発売した時点で「書籍は四巻完結」と聞かされていましたので、悩みましたがちゃんとこの巻で区切りをつけられるように、と。

そんなわけで冒頭から巻末まで書き下ろしました。
もっとも、最初に声がかかった時は「とりあえず二巻」という話でしたので、その倍の巻数を出せたことはむしろ望外の幸いですらあります。

といってもフォルホンのエピソードは当初から構想にあったものですし、完璧に一から考えたオリジナルストーリーというのは後半のオートベルグでのエピソードだけなのですが。
そのオートベルグを舞台とした話は、これでラストということで、作品テーマの回収も含めて様々な要素を詰めこみました。
なので書籍限定の新獣人キャラも出ますし、ヒメリもそれなりにデレるというものです。

フォルホンに関しては、割と気に入っていたイッカクレースの設定をお蔵入りにするのがもったいなかったので、この場を借りて執筆させていただきました。
僕もシュウトくん並みにお金があったら馬主になりたいものです。本当に。

とまあ、そんな感じです。

最後に、各方面に向けてお礼を申し上げたいと思います。

こういうのを書いたほうがあとがきっぽいということに今になって気がつきました。

出版を決めてくださったダッシュエックス文庫様。
イラストを担当してくださったふーみ様。
なにかと無理を聞いてくださった編集のY様。
そしてなによりここまで読んでくださった読者の皆様。

本当にありがとうございました！

すまん。
資金
チートなスキル
プースト
より
持ってる奴おる?
ありがとうございました!!
ふーみ

こ の 作 品 の 感 想 を お 寄 せ く だ さ い 。

あて先　〒101-8050　東京都千代田区一ツ橋2-5-10
集英社　ダッシュエックス文庫編集部　気付
えきさいたー先生　ふーみ先生

ダッシュエックス文庫

すまん、資金ブーストより チートなスキル持ってる奴おる?4

えきさいたー

2017年10月30日　第1刷発行

★定価はカバーに表示してあります

発行者　鈴木晴彦
発行所　株式会社　集英社
〒101−8050　東京都千代田区一ツ橋2−5−10
03(3230)6229(編集)
03(3230)6393(販売／書店専用)　03(3230)6080(読者係)
印刷所　図書印刷株式会社

ISBN978-4-08-631209-7 C0193

ダッシュエックス文庫

すまん、資金ブーストより
チートなスキル
持ってる奴おる？
えきさいたー
イラスト／ふーみ

すまん、資金ブーストより
チートなスキル
持ってる奴おる？ 2
えきさいたー
イラスト／ふーみ

すまん、資金ブーストより
チートなスキル
持ってる奴おる？ 3
えきさいたー
イラスト／ふーみ

最強の種族が人間だった件 1
エルフ嫁と始める異世界スローライフ
柑橘ゆすら
イラスト／夜ノみつき

神の手違いで早死にしたお詫びに『獲得資金アップ（大）』の力を得て剣と魔法の世界へ転生！　金の力で装備も仲間も手に入れる！

馬の獣人ホクトを仲間に加え、風の町に辿り着いたシュウト。ギルドの依頼を独占するパーティーと、なりゆきで対決することに!?

魔法図書館をめぐる陰謀とそれにまつわる選挙も、神聖な教会の地下に眠るアンデットも、この圧倒的資金力さえあればぜ～んぶ解決！

目覚めるとそこは〝人間〟が最強の力を持ち、崇められる世界！　平凡なサラリーマンがエルフ嫁と一緒に、まったり自由にアジト造り！

ダッシュエックス文庫

異世界Cマート繁盛記2
新木 伸
イラスト／あるや

異世界Cマート繁盛記3
新木 伸
イラスト／あるや

異世界Cマート繁盛記4
新木 伸
イラスト／あるや

異世界Cマート繁盛記5
新木 伸
イラスト／あるや

変Tシャツはバカ売れ、付箋メモも大好評で人気上々な『Cマート』。そんな中、ワケあり少女が店内に段ボールハウスを設置して!?

異世界Cマートでヒット商品を連発している店主は、謎のJCジルちゃんをバイトとして雇う。さらに、美津希《みつき》がエルフとご対面!?

JCジルのおかげで人気商品の安定供給が続くCマート。店内で首脳会議が催されたりラムネで飲料革命したり、今日もお店は大繁盛！

インスタントラーメンが大ブーム！　異世界の人たちは、ぱんつをはいてなかった!?　常連が増えて楽しい異世界店主ライフ第5弾！

ダッシュエックス文庫

異世界Cマート繁盛記6
新木 伸
イラスト／あるや

俺の家が魔力スポットだった件
～住んでいるだけで世界最強～
あまうい白一
イラスト／鍋島テツヒロ

俺の家が魔力スポットだった件2
～住んでいるだけで世界最強～
あまうい白一
イラスト／鍋島テツヒロ

俺の家が魔力スポットだった件3
～住んでいるだけで世界最強～
あまうい白一
イラスト／鍋島テツヒロ

砂時計にコピー用紙に竹トンボまで、今日も現代アイテムは大人気。今度はおまつりで現代の屋台を準備してみんなで楽しんじゃう！

強力な魔力スポットである自宅ごと召喚された俺。長年住み続けたせいで異常に貯め込んだ魔力で、我が家を狙う不届き者を撃退だ！

増築しすぎた家をリフォームしたり、幼女竜と杖を作ったり楽しく過ごしていた俺。それを邪魔する不届き者は無限の魔力で迎撃だ！

黒金の竜王アンネが隣人となり、異世界マイホーム生活は賑やかに。でも、戦闘ウサギに新たな竜王の登場で、まだまだ波乱は続く!?